A segunda espada

Peter Handke

A segunda espada
Uma história de maio

Tradução
Luis S. Krausz

Estação Liberdade

Título original: *Das zweite Schwert: Eine Maigeschichte*
© Suhrkamp Verlag, Berlim, 2020
© Editora Estação Liberdade, 2022, para esta tradução

PREPARAÇÃO Júlia Ciasca e Eda Nagayama
REVISÃO Sandra Brazil
EDITOR ASSISTENTE Luis Campagnoli
SUPERVISÃO EDITORIAL Letícia Howes
ILUSTRAÇÃO DE CAPA Amina Handke
EDIÇÃO DE ARTE Miguel Simon
EDITOR Angel Bojadsen

CIP-BRASIL. CATALOGAÇÃO NA PUBLICAÇÃO
SINDICATO NACIONAL DOS EDITORES DE LIVROS, RJ

H211s

Handke, Peter, 1942-
  A segunda espada : uma história de maio / Peter Handke ; tradução Luis S. Krausz. - 1. ed. - São Paulo : Estação Liberdade, 2022.
  176 p. ; 19 cm.

  Tradução de: Das zweite schwert: eine maigeschichte
  ISBN 978-65-86068-03-0

  1. Ficção austríaca. I. Krausz, Luis S. II. Título.

22-79194   CDD: 833
                 CDU: 82-3(436)

Gabriela Faray Ferreira Lopes - Bibliotecária - CRB-7/6643
29/07/2022   03/08/2022

Todos os direitos reservados à Editora Estação Liberdade. Nenhuma parte da obra pode ser reproduzida, adaptada, multiplicada ou divulgada de nenhuma forma (em particular por meios de reprografia ou processos digitais) sem autorização expressa da editora, e em virtude da legislação em vigor.

Esta publicação segue as normas do Acordo Ortográfico da Língua Portuguesa, Decreto nº 6.583, de 29 de setembro de 2008.

EDITORA ESTAÇÃO LIBERDADE LTDA.
Rua Dona Elisa, 116 | Barra Funda
01155-030 São Paulo – SP | Tel.: (11) 3660 3180
www.estacaoliberdade.com.br

Para Raimund Fellinger

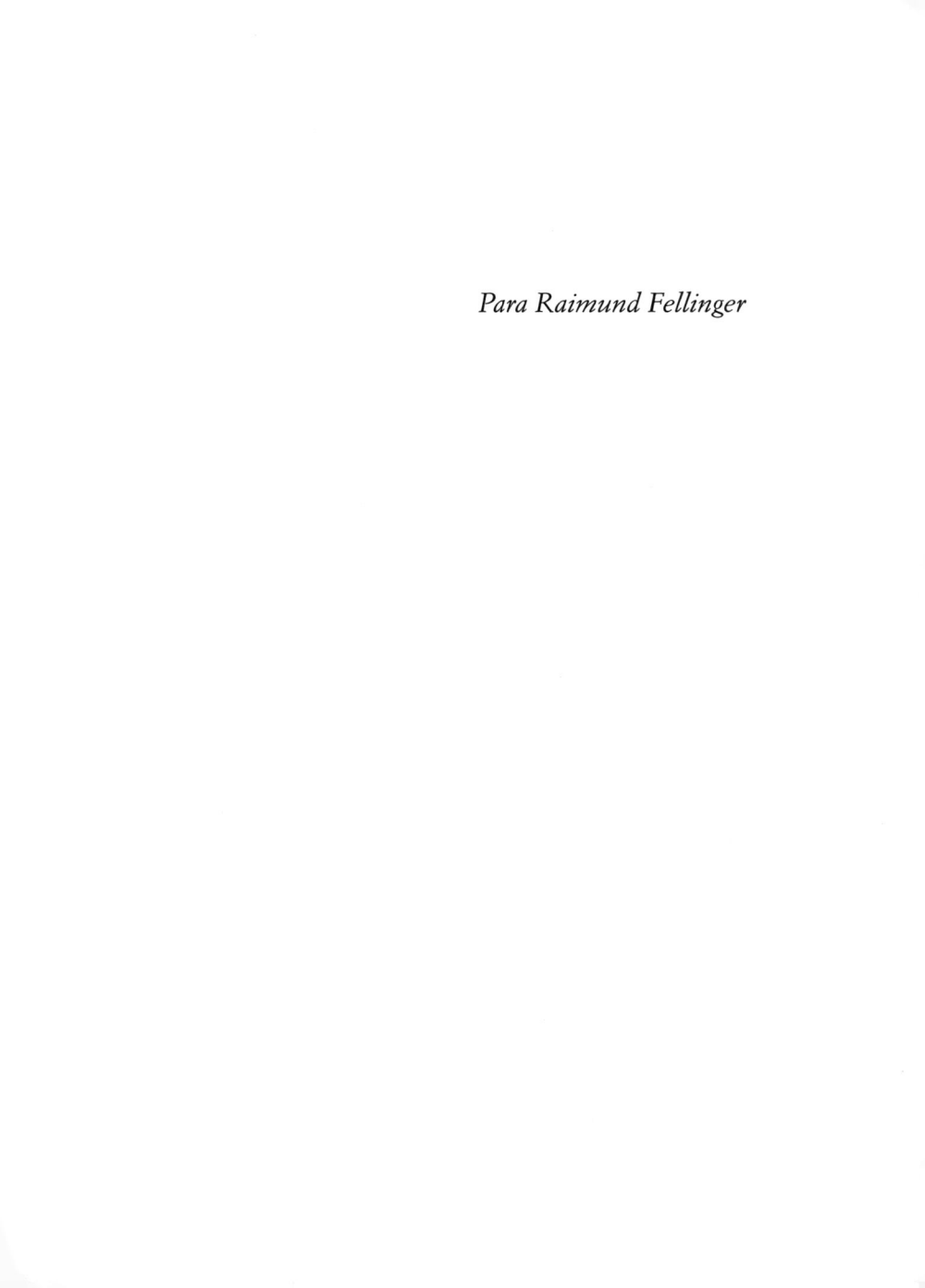

Ele lhes disse: "Mas agora, se vocês têm bolsa, levem-na, e também o saco de viagem; e, se não têm espada, vendam a capa e comprem uma." [...] Os discípulos, porém, disseram: "Vê, Senhor, aqui estão duas espadas." "É o suficiente!", respondeu ele.

Lucas 22:36-38

1
Vingança tardia

"Então essa é a face de um vingador!", disse para mim mesmo, quando, naquela manhã específica, antes de tomar meu caminho, olhei-me no espelho. Aquela frase brotou dentro de mim, totalmente sem som, mas ao mesmo tempo eu a articulei: enquanto a pronunciava, movia os lábios com uma ênfase excessiva, como se quisesse, a partir da minha imagem no espelho, ler neles as palavras e decorá-las, de uma vez por todas.

Tal monólogo, algo com que eu me distraía sozinho frequentemente por dias a fio, e não apenas nos últimos anos, pareceu-me naquele instante, algo peculiar, inusitado e também inaudito, em todos os sentidos.

Era assim que falava uma pessoa e essa era sua aparência quando passados muitos anos de hesitação, muitos anos de adiamentos e de esquecimento, estava prestes a sair de casa para executar uma vingança de longa data devida; embora — talvez — estivesse apenas agindo por conta própria, mas também por interesse do mundo, em nome de alguma lei universal, ou apenas — por que "apenas"? — para provocar comoção e, com ela, despertar a opinião pública. Opinião pública de quem? De determinadas pessoas.

Estranho, em tudo isso: enquanto eu me observava assim no espelho, o "vingador", na forma da calma em pessoa, da instância superior a todas as instâncias, contemplando atentamente minha própria aparência ao longo de uma hora inteira, com especial atenção dedicada aos olhos cujas pálpebras quase não chegavam a piscar, sentia o peso cada vez maior do coração, chegando mesmo a se tornar uma dor quando já me encontrava longe do espelho, longe da casa e do portão do jardim.

Minhas costumeiras conversas comigo mesmo, às vezes até bastante eloquentes, eram não só mudas, mas também privadas por completo de qualquer tipo de expressão e — ao menos conforme eu imaginava — nunca percebidas por alguém. Ou eu gritava as palavras de dentro de mim, sozinho em casa e, ao mesmo tempo — de novo na minha imaginação —, sozinho no vasto corredor, com prazer, com fúria, geralmente sem palavras, simples gritos, um grito súbito. Mas agora, no papel de vingador, eu abria a boca, arredondava, erguia e tensionava os lábios, retorcia e escancarava a boca de forma abrupta, permanecendo sempre mudo, conforme um ritual claramente estabelecido desde sempre, não por mim mesmo, e que, com o passar do tempo, havia sido transposto para aquele lugar diante do espelho, com um ritmo próprio. E, ao final, desse ritmo surgiram também sons. De mim, do vingador, surgiu uma canção, um cantarolar sem palavras, ameaçador. Cantarolar despertado pela dor no coração. "Basta dessa canção!", gritei, dirigindo-me à minha imagem no espelho que imediatamente obedeceu, interrompendo o zumbido e dobrando o peso que eu sentia no coração. Pois agora já não haveria mais volta. "Enfim!" (De novo, gritei.)

Vamos partir para a expedição vingadora que será por mim executada de forma solitária. Pela primeira vez em uma década, eu, que durante todo esse tempo tomava no máximo uma ducha, fiz um banho de imersão matinal e, em seguida, embarquei cuidadosamente no terno Dior cinza-escuro que me aguardava, pendurado com uma camisa branca que eu mesmo tinha acabado de passar. Junto à cintura, do lado direito da camisa, havia um bordado negro e espesso em forma de borboleta, que puxei um pouco para cima para que assim ficasse visível a um dedo acima do cinto. Pendurei no ombro a bolsa de viagem que, por si só, pesava mais do que tudo o que havia em seu interior, e deixei a casa sem trancar a porta, como era meu costume, mesmo durante ausências prolongadas.

Na verdade, fazia apenas três dias que, depois de várias semanas de andanças pelo interior, ao norte do país, eu tinha voltado ao subúrbio a sudeste de Paris onde resido. E pela primeira vez, sentia-me atraído pelo lar, justamente eu que desde o fim prematuro, ainda que não repentino, de minha infância, sempre me furtei a qualquer tipo de volta ao lar, para não falar do retorno ao lugar de meu nascimento, sim, eu, que tinha dele um verdadeiro pavor — um nó no corpo que chegava aos últimos e mais baixos dutos intestinais, especialmente a eles.

Ao longo desses dois, três dias que se seguiram à minha volta ao lar, não feliz (longe de mim, felicidade!), antes, tardiamente harmônica, mas ainda assim, minha consciência de estar no lugar certo se viu reforçada, em definitivo e de uma vez por todas. Não haveria mais nada capaz de pôr em dúvida a minha residência ali, nem a minha ligação com aquele local. Sentia prazer em ali estar, um prazer duradouro, prazer que ocuparia, ainda por muito tempo, meus dias (e minhas noites) e, diferentemente do que havia ocorrido durante as quase três décadas anteriores, não se limitava apenas à casa e ao jardim, não dependia deles de maneira alguma, mas simplesmente se vinculava ao lugar. "Ao lugar? Em que medida? Ao lugar de um modo geral? Ao lugar de modo específico?" — "Ao lugar".

O que também contribuiu para o inesperado prazer sentido ali, se não para a minha fidelidade ao lugar (ou, se quiserem, meu tardio patriotismo local, tal e qual é apenas normalmente próprio a determinadas crianças), foi o fato de que naquela região, justamente naqueles dias, fosse declarado um daqueles períodos de férias que se tornaram frequentes com o passar dos anos, não apenas na França, e não as longas férias de verão, mas na época mesmo da Páscoa, um período não tão curto que se prolongava, no ano em questão da minha história de vingança, até a chegada do Primeiro de Maio.

Tais ausências criavam assim um lugar que se tornava a cada dia maior e que, em determinados momentos que valiam por dias inteiros, tornava-se ilimitado. Por dias, desapareciam aqueles súbitos ganidos de cachorros por detrás da cerca que provocavam um sobressalto em minha mão, independentemente de estar escrevendo palavras ou cifras (como em um cheque, uma declaração de imposto de renda), e faziam com que eu traçasse um risco —

e que risco grosso! — que atravessava toda a página, folha de cheque ou o que fosse. Durante aqueles dias, quando algum cão ladrava, isso acontecia bem longe no campo à noite, como antigamente, o que contribuía também para certo sentimento geográfico, de consciência do retorno ou de um retorno iminente.

Nesse período, havia menos gente nas ruas, muito menos que de costume. Do amanhecer ao anoitecer, acontecia de eu encontrar nas ruas e na praça diante da estação, em geral apinhada, apenas duas ou três pessoas que, na maioria das vezes, me eram desconhecidas. Mas também estava ali um ou outro que conhecia só de vista e que permanecia, de pé ou sentado (principalmente sentado), como um estranho. Um estranho? Alguém outro. E conhecidos ou desconhecidos, via de regra nos saudávamos. Eram autênticas saudações. Com frequência, perguntavam-me o caminho para este ou aquele lugar e eu invariavelmente sabia a resposta. Ou quase sempre. Uma ocasião, por não estar familiarizado com um desses cantos da localidade, aquilo estimulou, a mim e ao outro, a buscar o caminho.

Nenhuma vez, ao longo de todos esses três dias depois do meu retorno ao lar, ouvi o rugir dos helicópteros que usualmente levam as visitas de Estado do aeroporto militar, no planalto da Île-de-France, ao Palácio do Eliseu, lá embaixo no vale do Sena, ou no trajeto de volta. Nunca o vento da primavera havia soprado daquele campo de pouso até "nós" — era nesses termos que agora involuntariamente eu pensava em mim e nos outros que habitavam comigo aquele lugar —, trazendo os fragmentos da música fúnebre com a qual normalmente os ataúdes dos soldados mortos na África, no Afeganistão ou em outros lugares eram saudados no momento de chegada à pátria francesa, quando eram descarregados dos aviões da Força Aérea e levados ao pedestal de honra asfáltico chamado de "Tarmac". O céu, apenas cruzado, atravessado em curva pelo bater de asas (as primeiras andorinhas) ou pelo voo rápido (tão diferente daquele dos falcões e outras aves de rapina cujas garras surgem mais tarde no ano) de todos os tipos de pássaro e, para além, uma ausência: nenhuma daquelas águias que, um verão após o outro, surgem solitárias, descrevendo uma trajetória curvilínea no zênite do céu. Diante de uma delas, num meio-dia silencioso de alto verão, digo e escrevo que tive uma visão um tanto apocalíptica, ou de terror, ao imaginar que estava sobre o solo tão sozinho quanto ela, sob sua mira, a mira daquela águia gigantesca, como último ser humano, visível através da claraboia celeste, aqui, sobre a superfície terrestre.

E — para voltar a falar daqui, das ruas asfaltadas e calçadas de pedras sob a sola dos meus pés, após ter contemplado assim as esferas celestiais — durante todos esses dias, não ouvi nenhuma vez o barulho dos contêineres de lixo na madrugada, nada daquela barulheira habitual e incessante, mas só, se é que havia algum tipo de barulho, barulhos esporádicos que ora surgiam à distância de sete quadras, ora de trinta saltos depois da segunda rotatória, ora passados um ou dois sonhos de alguém que cochila: o ruído do contêiner de lixo diante da porta do vizinho ao lado, aquele que durante sua vida adulta, já bastante extensa, nunca saiu, até onde eu saiba, desta localidade. Não se ouvia nem daqui nem de mais à frente, diante das casas esparsas, os estrondos dos contêineres de lixo sendo esvaziados, era como se não houvesse nada dentro deles: surgia apenas um breve farfalhar, depois um murmúrio, quase um tilintar, um soar secreto e, por fim, o delicado ruído de algo que é cuidadosamente posto de volta no lugar, graças aos extraordinários lixeiros locais que, de tempos em tempos, brindavam em minha honra no bar da estação de trem. Em seguida, prosseguia o fluxo das imagens que surgiam durante a sonolência que combinava tão bem com aqueles dias.

Sempre ao longo de minha vida, me lembrei da velha história, mais ou menos bíblica, do homem que fora arrastado pelos cabelos, por Deus ou outra força superior, para longe de seu lugar de nascimento — para outro país. E quanto a mim mesmo, ao contrário do que acontecera ao herói da história que, ao que me parece, teria preferido permanecer onde estava, eu desejava ser levado assim, para longe do meu lugar de residência, desejava ser agarrado por trás, pela minha cabeleira, levado pelos ares, graças a alguma força misericordiosa, para longe. Para outro lugar de permanência? Permanência nenhuma! Nada como ser despachado para longe do aqui e agora!

Durante os três dias que precederam minha partida para aquela expedição vingadora, eu mesmo, quase a cada hora, puxava-me pelos cabelos, porém, não para me erguer do chão e decolar em direção a um lugar distante além dos horizontes, e sim, para me ancorar ou me aterrar, para permanecer sobre minhas próprias pernas, ali onde eu estava e, admiravelmente ou não, finalmente me sentir em casa. Assim, todas as manhãs, logo depois de me levantar, eu agarrava os cabelos com a mão esquerda fechada para em seguida, com a direita, puxar e sacudir, cada vez mais forte, próximo de cometer um ato de violência contra mim mesmo — visto de fora, talvez parecesse alguém querendo arrancar o próprio crânio — e sentia aquilo como um gesto benfazejo, preenchendo todo meu corpo de cima a baixo, aos poucos, alcançando as coxas, os joelhos, o dedinho do pé, ressoando silenciosamente dentro de mim, um tamborilar sem som, proporcionando-me uma sensação de aterramento que a cada hora voltava a ser ameaçada.

Combinava com esta particularidade — a cada par de anos uma nova me chamava atenção — o fato de que a cada dia que passava, aqui e ali apareciam moradores em alguma das casas abandonadas durante as duas semanas das férias de Páscoa. Como se fosse uma regra ou até mesmo uma lei local, cada vez que passava diante das dúzias de persianas abaixadas, eu me deparava com alguma casa na qual pelo menos uma janela, se não todas e, em especial, as térreas, estavam abertas, permitindo assim espiar seus interiores, as salas de estar e de jantar. Além disso, as cortinas abertas, como que propositalmente, emprestavam àquelas casas um ar acolhedor, quase convidativo, muito embora as mesas ali não estivessem postas: "Por favor, entre, seja lá quem for!" Essas salas, no entanto, se revelavam sempre vazias. E era justamente essa ausência que convidava a entrar, despertando um abrangente apetite. Era inimaginável que de algum canto, em meio à luminosa amplitude de uma casa como aquela, alguém, o Senhor ou a Senhora Proprietária, o casal ou o clã todo estivesse espiando, fosse ao vivo ou por meio de alguma tela. É verdade que a cada vez sentia mesmo estar sendo observado, ainda que por olhares benevolentes e compreensivos. Aquelas casas se encontravam apenas momentaneamente vazias e, um instante mais, já surgiria alguém para me dar boas-vindas em francês, alemão, árabe (qualquer coisa, menos "*welcome!*"), vindo de alguma direção de todo inesperada. E a isso logo se somariam as vozes de crianças, soando como se viessem do alto da copa das árvores.

E uma vez, na segunda ou terceira — e, por enquanto, última — manhã desde minha volta ao lar, no minúsculo jardinzinho diante de alguma dessas acolhedoras casas desabitadas onde o mato crescia como mato, em vez de formar um gramado ou algo desse gênero, fumegava uma churrasqueira com jeito de ter sido improvisada com hastes de ferro e que, por isso mesmo, parecia muito antiga. Duas colunas de fumaça se elevavam de dois braseiros adjacentes e enquanto, de um dos lados, uma se erguia em direção ao céu de maneira clássica, vertical, clara e uniforme, a outra, do outro lado e de maneira igualmente clássica, era impelida contra o chão, de início formando uma nuvem escura e espessa que irrompia da fogueira. Em seguida, porém, tendo descrito irrequietos desvios junto ao solo, esta segunda nuvem, ao contrário do que acontece na história do fratricídio antediluviano, também se dirigia verticalmente ao céu. A fumaça, após ter sido soprada de um lado para o outro, subia então em nuvenzinhas, brancas como plumas, (quase) idêntica àquela translúcida que brotava da grelha contígua e, o que era ainda mais espantoso e mesmo inaudito: as duas colunas de fumaça acabavam se encontrando lá no alto, antes de ambas se tornarem totalmente transparentes e desaparecerem na atmosfera. Permaneciam juntas, instante após instante, unidas, trançadas uma na outra, contínua e ininterruptamente, enquanto embaixo subiam da grelha um e outro jato de fumaça.

E veja: quem agora saía da casa aparentemente vazia e me convidava para adentrar o jardim e tomar um lanche era a antiga carteira, *la factrice,* que tinha se aposentado alguns meses antes, seguida, como sempre, a alguns passos por seu marido, também carteiro, *facteur,* e que já tinha (sido) aposentado havia anos. Ainda tenho guardado o cartãozinho no qual ela, *"votre factrice Agnès"*, comunicava a nós, a população da região, que sempre a caminho com sua bicicleta, "fará no dia 10 de julho de 20… seu último giro, *tournée*". Quando certa vez acreditei que esse papelzinho tinha se perdido, isso me causou sofrimento, justamente eu, que já havia perdido tanta coisa na vida sem nunca ter me lamentado por isso. E foi então para mim um momento iluminado quando, sem procurar em meio a todos os meus papeizinhos, deparei-me justamente com ele caído sobre a mesa. Naquela tarde, ficamos os três bastante tempo sentados no jardim e os antigos carteiros contaram como o homem vindo do nordeste, da região das Ardennes, e a mulher, da parte montanhosa do sul da França, tinham sido contratados pelo correio central de Paris pois, mesmo sendo pessoas incultas do interior, eram mais robustas que os moradores da metrópole e portanto mais adequadas para distribuir a correspondência em bicicletas — evidentemente àquela época, ainda sem motores — pelas incontáveis ladeiras na região da Grande Paris, sendo assim mais aptas a pedalar por aquelas paragens que, no jargão dos ciclistas e também no *Tour de France*, são chamadas de *faux plats*, "falsas planícies", aclives quase imperceptíveis a olho nu, mas notáveis sobre a bicicleta e que pareciam não acabar nunca.

Muito embora ainda faltasse algum tempo até a chegada do verão, este dia, aliás, aqueles três dias permanecem na minha memória como os mais extensos de todo o ano: era como se a noite tivesse sido postergada para além do limite natural entre dia e noite; era como se o sol, "por milagre", na verdade não se pusesse, pelo menos não até o momento em que eu estivesse ali para presenciar o episódio subsequente, bem como o seguinte e o seguinte. E até mesmo as noites chegavam sem qualquer sensação de escurecimento.

E veja, novamente!: ainda que as persianas da casa construída pelas próprias mãos dos meus vizinhos, um casal, ambos falecidos, um logo depois do outro há quase uma década, estivessem baixadas, como sempre a partir de então — a tinta, um bom trabalho de pintura, ainda não tinha começado a descascar em nenhum lugar —, no jardim abandonado, onde florescia uma rosa, aqui e ali, mais exuberante do que antes, estendia-se um varal, completamente tomado por roupas de crianças, mais ou menos escuras, antigamente se diria "pobres".

E ouça: pelos caminhos das florestas, no morro, os estalos e rangidos dos galhos que, sacudidos pelo vento, raspam uns nos outros, como se imitassem o barulho dos portões dos jardins, das casas e adegas da região que se abriam, convidativos (aquela fogueira não seria a única).

E veja, aqui: a clareira, na qual normalmente se ouviam de longe os estampidos de centenas de bolas de petanca, estava agora completamente vazia, exceto por um único automóvel, a cujo volante um homem permanecia sentado de olhos abertos, fitando fixamente a clareira, aquela vasta superfície coberta de cascalhos, sobre a qual se viam os rastros dos círculos desenhados pelos jogadores e que eram mantidos ali justamente para o jogo, fazendo como, segundo se diz, fazem alguns portugueses que viajam do interior até a costa exclusivamente para contemplar por algum tempo o oceano diante de si, sem, no entanto, descer do automóvel, permanecendo o tempo todo dentro dele. Mas será que esse homem não é na verdade um português, um pedreiro que, ao contrário do que acontece hoje, normalmente está com os cabelos cobertos de pó de cimento, um daqueles que aparecem ao meu lado à noite, no bar da estação de trem?

Mas ouça: este murmúrio agora lá embaixo, junto à travessa. Não é possível que isto seja a canalização! — Mas o que é então? De onde vem? — Vem do córrego ou do riacho que, ao longo dos milênios, escavou todo o nosso vale de altitude que não é tão extenso desde a sua fonte, lá em cima, perto do lugar onde hoje está o palácio, desde Versalhes até lá embaixo, onde desemboca no Sena, tendo sido canalizado há mais de um século. — É assim que, oculto em suas profundezas, murmura o nosso Marivel? — Sim, esse é ele, esse é o seu nome, e veja a curvatura da rua: como ela acompanha exatamente o trajeto e a curvatura do Marivel. Que murmúrio! Não há nenhuma descarga, nenhuma centrífuga de máquina de lavar roupa, nenhum esguicho de bombeiro que murmure assim. Só um córrego. E logo você verá diante de si sua água, à luz do dia, vai nela se lavar, vai beber dela (não, talvez seja melhor não beber). — Como, isso? — Veja ali, a bomba de ferro fundido naquele jardim abandonado. Vá até lá e bombeie! — Mas a bomba está enferrujada. — Remova a ferrugem e continue a bombear. — Agora surge alguma coisa, parece lama e sujeira, marrom como bosta. — Continue a bombear, pequeno bombeiro, continue a bombear. — Sim, veja só!

Aqueles dias de ócio, eles eram perceptivelmente limitados e eu o senti da maneira mais evidente ao olhar, a partir da rua, para as salas de aula ainda vazias. Todas as amplas janelas da escola já estavam lavadas, as mesas e assoalhos, limpos e encerados. Mas tal visão de um prazo que estava para se extinguir, assim como todas as outras imagens locais ligadas à limitação do tempo, nada tinha de desolador. Sobre os peitoris das janelas, bem como em outros lugares, empilhavam-se, sim, camada sobre camada, como desde sempre, nos lugares que lhes cabiam, sem terem sido recentemente arrumados, os livros, os atlas e o restante do "material de ensino". De um canto atrás da lousa, reluzia um globo e tudo, inclusive a limpeza das janelas e a boa organização no bem iluminado interior das salas de aula cujo silêncio parecia antecipar algo, transmitia para fora, para mim, uma espécie de prazer em estudar que nada tinha a ver comigo pessoalmente, ou se tinha algo a ver comigo era então com alguém que eu tinha sido há muito, muito tempo. — Também de verdade? — Verdade?

Bonito este prazo que, ao mesmo tempo, conforme passava de imagem local em imagem local, justamente diante do vazio e do recolhimento, despertava a imaginação: aqui e ali, também ali e mais ali, abria-se a perspectiva de um novo início, felizmente indefinível, mas, ainda assim, alguma perspectiva, graças à qual o ar fresco haveria de soprar.

Entrementes, havia um tempo inconcebivelmente longo que o hotel, assim como o bar *des Voyageurs*, dos Viajantes, já não era mais nem bar nem hotel. Seu terceiro e último andar tinha sido reformado e agora havia ali algumas quitinetes cujos habitantes, no máximo, podiam ser vistos como silhuetas distantes. E é justamente por isso que se tornavam ainda mais conspícuos aqueles poucos habitantes remanescentes dos andares inferiores, que não eram hóspedes, mas, sim, desabrigados, já havia tempo instalados pelo Estado nos quartos dos fundos do antigo hotel. Antes, já tinham sido a maioria dos habitantes daquele edifício. Mas, com o passar do tempo, deixaram de chegar novos habitantes e, entre os antigos residentes, que continuavam a ser mantidos pelos órgãos públicos e que eram amparados em maior ou menor grau por assistentes sociais, grande parte morreu nas duas décadas subsequentes, geralmente em algum dos antigos quartos do hotel, por trás de alguma das janelas sem vidraças, emendadas com papelão ou aglomerado, sem que ninguém no mundo tivesse percebido que haviam morrido: nunca vi uma pessoa (mais de uma não teria sido necessário) saindo pela porta lateral (só no *Voyageurs* ainda existia algo assim) carregando um caixão. E os únicos a participarem desses enterros, se é que havia alguém, eram os vizinhos de quarto e de abrigo que ainda sobreviviam. Raramente acontecia de o falecido ter parentes, mulher, irmão, um filho, e estes serem notificados. Mas nunca um membro da família de algum daqueles mortos tinha aparecido no cemitério. Como se aquilo fosse algo comum entre mortos assim, a ex-esposa, o filho ou até mesmo a mãe, ao receber do portador a notícia, erguia as sobrancelhas, muda, ou ao telefone, igualmente sem dizer palavra, e só colocava o fone de volta no gancho.

O pequeno grupo dos últimos três ou quatro, em vez de se entocar em seus quartos, permanecia, como se aquilo tivesse sido combinado com antecedência ou não, de manhã até à noite, independentemente do tempo, sentado nos degraus diante das portas de vidro do antigo Bar dos Viajantes, fechadas com correntes e com sabe-se lá mais o quê. Até há pouco, eles formavam algo como um grupinho — um mancava escada acima sobre suas muletas; o outro, mostrando seu único dente que era, em compensação, enorme, trepava de uma só vez na copa de um dos plátanos; o terceiro, não sei se de propósito ou se porque já não era capaz de agir de outra maneira, sentava-se, dia após dia, exatamente naquele mesmo lugar, sob o galho do qual os pássaros, dos menores aos maiores, soltavam seus excrementos até tarde da noite: sim, aquele tinha necessidade de se acocorar naquele degrau e permanecer ali, imóvel; fazia-lhe bem sentir, uma e outra vez, esses e aqueles excrementos de pássaro caindo sobre a cabeça, as mãos e os joelhos; era um triunfo ter adivinhado, ou com antecedência intuído, que em breve viria lá do alto mais uma bênção especial, para assim colocar a cabeça, no momento certo, no lugar certo. E os quatro, logo apenas três, bastavam-se. Nenhum deles tinha olhos para nós, os passantes na praça da estação. Cada vez que eu, que com o passar do tempo me tornava mais e mais carente de saudações, tentava de um jeito ou de outro saudá-los ali, nos desmantelados degraus do bar, não recebia nenhum tipo de resposta: "reação zero". E era certo que fosse assim: ser de tal maneira ignorado me dava uma sensação de segurança em relação ao que estava por vir.

Com o passar dos dias depois da minha volta, veio a transformação. Esta não poderia ter sido causada apenas pelo verde das plantas e pelo azul do céu que sempre começam a surgir depois da Páscoa. Pois todos os dias voltava a chover, voltava a cair granizo (com pedras de gelo tão grandes que arrebentaram a última parte ainda intacta de janela do antigo hotel) e, durante as noites, fazia um frio de amargar. Quando de manhã, a caminho da padaria, eu passava junto ao bar, pelas barracas de feira que tinham encolhido por causa das férias, tanto em número quanto em oferta de mercadorias, tive a ilusão ou a alucinação de que o estabelecimento estava aberto. E, no instante seguinte, eu me vi entre os poucos moradores remanescentes daquele abrigo, sentado em um dos degraus que parecia ter sido reservado especialmente para mim, um degrau intermediário, nem o primeiro, nem o último. Com sons incompreensíveis — mas não havia necessidade de compreendê-los — e com gestos amplos e enfáticos em compensação, tinham me convidado a sentar, ao mesmo tempo em que espontaneamente eu também tinha me juntado a eles. Uma garrafa de vinho que era compartilhada por todos foi (não enfiada debaixo do nariz, mas) oferecida a mim e, dessa vez, sem minha perpétua hesitação, lá estava eu bebendo. O vinho — tomei apenas um gole — tinha o mesmo gosto de qualquer outro vinho quando tomado pela manhã. Mas o que permanece em minha lembrança até hoje é o gosto da fumaça de cigarro no gargalo da garrafa, que engoli junto com o vinho. Nada que possa ser comparado com a *madeleine* do tempo perdido e reencontrado de *monsieur* Marcel Proust, mas ainda assim algo, algo perene que proporcionou e ainda me proporciona prazer. Não havia uma música na qual alguém, não sei quem, cantava: *"Life is very strange and there is no time*"? — Errado: "*Life is very short*", cantava John Lennon. — Mas aqui deve ficar "*strange*".

Ainda permaneci por algum tempo agachado ali, junto daquele grupinho, nos degraus do *Voyageurs* que, como já foi dito, estava fechado e, como antes, voltei a ser servido, embora nenhum dos três me incluísse no círculo — pois era algo assim, como uma roda, o que eles formavam ali. Naquele dia, além de mim, havia mais alguém com eles: uma mulher. Eu a conhecia, vinha do Departamento de Assistência Social responsável por aquela região ou de alguma instituição tal, e tinha como incumbência cuidar, em meio àquelas quase ruínas, de cada caso ou algo assim.

Mas, naquela manhã, a senhora também parecia transformada. Em vez de estar postada com sua grande bolsa retangular e angulosa diante daqueles que deveria controlar, ela tinha se sentado com eles na mesma postura, capaz de ser confundida com um deles, sem se mover para abrir espaço para mim, o recém-chegado; e assim como os demais, ela fumava após ter tirado um cigarro do maço do homem que estava sentado atrás dela, virando-se sem olhar, como se estivesse desde sempre acostumada com aquele gesto. Ela agora se sentia em casa em meio a essas figuras curvadas pelo vento (não só pelo vento). Havia muito tempo que não se sentia tão em casa. Talvez nunca tenha se sentido tão em casa. Nada além de falsidades em toda sua vida anterior. Falsidades seguidas de falsidades. Claro: aquilo ali tampouco era, ainda não era. Mas, por outro lado, aquilo tampouco era uma simples atmosfera efêmera e fugidia, constelada pelos espaços intermediários que surgem no tempo das férias depois da Páscoa e que se estendiam mais e mais, alcançando os mais distantes pontos de fuga ou seja lá o que fosse. Ela, que de qualquer maneira já estava perto de se aposentar, deixaria o escritório continuar como escritório já a partir de amanhã — a partir de hoje! E depois? Nenhum pensamento sobre o depois. Agora é o agora e nunca mais haverá pressa! Nenhum tipo de companhia, ou uma companhia como a atual também significava alguma companhia — e como! Pois era essa que naquele momento ela experimentava: "vou ter passado por essa experiência" — e como! E subitamente, ao voltar o rosto para nós que a circundávamos, passando de um para outro, a ainda-funcionária chegou às lágrimas. Chorava silenciosamente, sem ruídos, e se houvesse algum ruído naquele pequeno círculo — a tragada de um cigarro, o gorgolejar da garrafa —, permanecia inaudível. Na verdade, chorou apenas por alguns instantes, seus olhos úmidos brilharam por detrás das grossas lentes, mas eu não fui o único a perceber: outro dos companheiros de bebida, ali nos degraus do antigo Bar dos Viajantes, estendeu à senhora um lenço de limpar óculos, desdobrando, da maneira mais complicada e conspícua possível, um lenço visivelmente nunca usado antes e que, com suas dimensões exageradas, era mais funcional do que todos os panos de limpeza hoje comumente utilizados para este fim, e que também no momento adequado servia ainda para secar uma ou duas lágrimas (se é que, de fato, aquilo tinham sido lágrimas).

E mais uma vez, eu, o convidado, permaneci longamente sentado ali, durante todas aquelas horas até que soassem os sinos do meio-dia na igreja local que tinham sido precedidos, perto das dez horas da manhã, um dos horários habituais para as missas de corpo presente, pelo toque suave dos sinos dos finados, nada além de dois tons, um agudo e um grave, repetidos em intervalos comedidos e incompletos. Será que me engano ao pensar que os que estavam ali, sentados comigo, não tinham ouvidos para tais sons? Mas, ao que parece, não tinham ouvidos para nada, nem para o rolar e depois o tinir dos trens de subúrbio no limiar da ponte de ferro que levava à estação e nem — menos ainda — para os anúncios do alto-falante, sempre repetidos em diferentes idiomas, com os números de telefone que deveriam ser chamados em caso de bagagens e objetos suspeitos, ou em qualquer caso de suspeita, sensação de perigo ou ameaça, definida ou indefinida.

Enquanto isso, eu me lembrei daquela história do século XIX, já passado tanto tempo, na qual prisioneiros, banidos para uma ilha nos confins orientais do Império, sempre que ouviam alguma música soar ao longe, escutavam-na atentamente estando, na imaginação do autor, convictos de que jamais lhes seria possível voltar ao lar. Como me ocorreu essa história? Estando ali, nos desgastados degraus que levavam ao bar, junto com meus anfitriões que já não tinham mais ouvidos para nada, mas que riam cada vez mais alto à medida que passavam as horas e que, por fim, ressoavam-tiniam-gemiam em uníssono, em coro, imaginei que os três, afinal quatro (uma voz de mulher havia se juntado às deles), entoassem aquela risada estando cientes de que jamais voltariam às suas casas. Só que neles, esta volta ao lar, para sempre impossível (onde quer fosse), era algo que, vindo de seus corações, provocava o riso. Aqueles lá riam-se da volta ao lar ou de qualquer volta. Muito embora o fizessem em sub- e sobretons, às vezes também o faziam em tom de lamento que vinha do coração, do fundo do coração. E era certo que fizessem assim? Aquilo era também um tipo de sal da terra, um tipo especial, útil para o aqui e agora? E era também certo que não estivessem com fantasias verdes, nem vermelhas, nem xadrez, nem de nenhuma outra cor?

Pareceu-me que ao longo de toda a minha vida, sempre que eu estava determinado a dar algum passo decisivo, eu havia procurado antes, conforme também me pareceu, alguma distração significativa, e esta estivera sempre junto à natureza. E era exatamente isso o que também acontecia ali, naquele momento.

De todos os lugares com horizontes abertos em nossa localidade, avistava-se as montanhas que formavam um círculo vasto e quase fechado em torno do nosso vale de altitude. Uma das montanhas, observada através da janela mais alta da minha casa, se erguia altaneira, acima de toda a cordilheira. Mas aquilo só parecia assim por ser aquela que estava mais próxima. Na verdade, os picos de todas as montanhas ali ao redor tinham a mesma altura e tampouco eram montanhas, mas antes protuberâncias que precediam ou sucediam o planalto da Île-de-France, circundando o vale e se estendendo tanto para a esquerda quanto para a direita: falsas montanhas, assim como, lá no alto, falsos cumes aos quais as muitas árvores com seus galhos, mais ou menos amplos, emprestavam a ilusão de serem linhas de fronteira, ou melhor, de filigranas para o céu. Aquilo que, daquela janela, parecia ser para mim a mais alta dentre as montanhas e que dava a impressão de ser o pico de uma cadeia era de fato só um carvalho gigante, isolado, visto a partir do planalto que avançava tão poderoso sobre aquele lugar, enquanto que, a certa distância dele, diferentes árvores de dimensões menores pareciam representar horizontes de supostas outras montanhas: bétulas, bordos, cerejeiras selvagens que pareciam ainda menores por se afastarem, de ambos os lados do carvalho gigante, ao longo de um arco no limiar do planalto.

Que a cordilheira coberta por densas florestas, erguendo-se ao mais distante dos horizontes em quase todas as direções, fosse apenas uma ilusão e que o pico fosse um falso pico é algo de que só me dei conta com o passar dos anos. E, ainda assim, continuei a ver e sentir esse círculo de montanhas à minha volta como aquilo que me parecia ser desde o início. Os fatos nada podiam contra a ilusão. A imaginação é duradoura e, com o passar do tempo, ganha ainda mais realidade espacial, mais materialidade, mais cor e ritmo. Se ela é verdadeira ou não, pouco importa: surte efeito. A mais alta entre as montanhas, emoldurada pela vidraça em forma de cruz a seus pés, permanecia a mais alta entre as montanhas e o nome que originalmente, involuntariamente, de brincadeira, havia me ocorrido para ela, permaneceu comigo ao longo das décadas e desde há muito, instalou-se em mim: "a montanha eterna", "a montanha eterna de Vélizy".

Nos três dias que se seguiram ao meu retorno, todas as manhãs eu me sentava banhado, penteado e decentemente vestido diante da janela superior. Através da abertura escancarada — pois, do contrário, o vidro velho talvez tivesse distorcido a vista — contemplava a montanha eterna sem a costumeira interposição da cruz da vidraça. Na verdade, aquilo não era uma contemplação intencional ou deliberada. Era apenas uma observação? Não, isso não, de maneira nenhuma. Sempre que, ao longo de minha vida, passei do simples olhar e ver para algo como a contemplação, cometi algo inadequado ou até proibido, pelo menos para uma pessoa como eu, e não apenas aos meus próprios olhos. Além disso, desde a infância, nunca tive qualquer tipo de visão científica, muito menos a ambição de um dia ter tal olhar. E nem mesmo dizer "Estou vendo uma coisa que você não vê!" é algo que me interessa. O que me interessa, se é que isso existe, é: dar-me conta de algo sem nada fazer por isso e incorporá-lo à minha imaginação definitivamente e de uma vez por todas (vide acima), para então imediatamente me deixar levar por uma divagação, permanecendo sempre desperto, mais desperto do que nunca.

Nos dias que precederam minha partida para a vingança, a floresta da montanha eterna se tornou mais e mais verde, numa sequência de imagens como normalmente só se vê nos filmes em câmera rápida. E na última manhã, enquanto o sol brilhava e o zéfiro soprava, aquele verde de interminável variedade, de tonalidades que mudavam de árvore para árvore, estendia-se, ondeando e erguendo-se em direção ao uniforme e puro azul do céu cristalino, sem nada que pudesse desviar o olhar. Não só luzia como também reluzia, brilhava, até mesmo tornava-se cinzento e opaco! Cada uma das tonalidades de verde era diferente: a dos pastos, dos amieiros e olmos ao pé da montanha, a das faias e freixos à meia altura, a das bétulas, carvalhos, acácias, tramazeiras e castanheiras em toda a parte; também os diversos tipos de folhagem das árvores, ora densas, ora ralas, moviam-se, giravam, reviravam, subiam e desciam, cada qual à sua maneira, como se fossem conduzidas montanha acima pelas ondas e vagas das linhas de sombra desenhadas sobre a folhagem fresca.

"Aí está!", pensei em silêncio. "Aí está acontecendo algo." E logo, o silêncio. "Está acontecendo *o quê?*" — "Algo." E ao mesmo tempo, ao fechar os olhos e deixar a montanha escapar de minha vista, percebi: o que, não só nos últimos dias e sobretudo nas últimas noites, me fizera tamanha falta era algo que tinha desaparecido e sido perdido para sempre — só para mim? "Como assim, ver algo que está faltando?" — "Sim! E não se tratava de uma coisa e sim, de uma palavra!" "Talvez o eterno retorno?" — "Não! O que eu vi, como palavra e também como coisa, foi a continuação." — "A eterna?" — "Apenas a continuação. Vamos à continuação!"

Permaneci sentado junto à janela aberta por muito tempo e ainda por mais tempo, até o fim da manhã. Não movi um único dedo. Cada um dos ramos de árvore no flanco da montanha me parecia um moinho. Os moinhos moem e moem. O que fazem eles — será a continuação? Sim: a continuação. E assim como de folhagem em folhagem imperavam diferentes tonalidades de verde, cada uma delas moía, virava, girava de maneira claramente distinta. "Cada pássaro voa de maneira diferente?" Sim, assim como cada uma das árvores-moinhos baixava, oscilava, balançava, revolvia, subia e se sacudia de maneira totalmente diferente das demais.

Esquentava e sobre o terreno entre a janela aberta e a montanha eterna esvoaçava, pela primeira vez naquele ano, aquele minúsculo casal de borboletas que se agitava pelo ar, para cima e para baixo, uma em torno da outra; as duas sempre pareciam ser, aos meus olhos, três ou até quatro, me fazendo assim lembrar dos truques de prestidigitadores balcânicos e que, por isso mesmo, eram chamadas por mim de "borboletas balcânicas". Em sua dança conjugal — ou seja lá o que for — o casal sempre esvoaçava em minha direção, descrevendo espirais cada vez mais exíguas e frenéticas, num êxtase crescente — ou seja lá o que for — para, por fim, colocarem-se a apenas um palmo de distância dos meus olhos, agitando-se com tal velocidade que os círculos claros sobre suas asas brilhavam, como se fossem um raio; ao mesmo tempo, como em uma imagem de câmera rápida, naquele instante de ápice da velocidade do voo, o percurso circular do bater das asas parecia se deter, imóvel, ou além de qualquer movimento. E um prazer inominável em agora não fazer nada, em continuar e continuar a deixar e a não fazer nada, tomou conta de mim.

E em seguida, durante o dia inteiro — e qual ciência será capaz de me dizer como e por que isso aconteceu? —, as imagens e nomes de lugares, cidades e sobretudo de aldeias nas quais estive ao longo de minha vida esvoaçavam à minha frente. Mas aquilo sequer eram imagens da memória. Pois nada havia a ser lembrado desses lugares. Eu simplesmente estivera ali. Nada ali chamara a minha atenção, nem mesmo a mais ínfima das coisas, e tampouco algo me acontecera ali, nem mesmo uma porta com mola que tivesse golpeado meu tornozelo por trás. O que me intrigava eram, antes, os nomes dos lugares e era só em conexão com esses nomes que surgiam imagens vagas, quando muito marcadas por aclives e declives, por uma rua, um caminho pelo campo ou, excepcionalmente, por uma pequena ponte sem balaustrada sobre um córrego ou um alvo perfurado pelas pontas de dardos no canto de uma taverna. Sim, frequentemente os nomes daqueles lugares, em geral compostos de várias sílabas, produziam imagens mais nítidas e contornos mais claros que os nebulosos cortejos de imagens sucessivas que vinham a reboque. "Circle City, Alaska", "Mionica", "Archea Nemea",

"Navalmoral de la Mata", "Brazzano di Cormòns", "Pitlochry", "Gornji Milanovac", "Hudi Log" (em tradução, "Lugar dos malvados"), "Loc mariaquer": nada tinha me acontecido nesses lugares. Nada de bom nem de ruim, nenhum amor, nenhum medo, nenhum perigo, nenhum pensamento, nenhum reconhecimento, para não falar de alguma conjunção ou, Deus do céu ou sei lá de onde, uma visão. Eu apenas tinha percorrido esses lugares, atravessara acidentalmente e se por acaso pernoitei neles, foi só por perplexidade (ou talvez deliberadamente, por esses lugares corresponderem, de algum modo, à minha própria perplexidade?).

E veja!, naquele dia, o último antes da minha partida imprevista, o discreto zumbido dos nomes de localidades de todo o globo terrestre que eu cruzara a bordo de veículos, andando, tropeçando, surgia como prova da minha existência, quando não, como prova de misericórdia. Você e seus semelhantes existiram e, ao menos por hoje e amanhã, continuarão a existir. Receber essas imagens e nomes esvoaçantes era uma espécie de satisfação, da mesma forma como ocorria com "Fischamend", "Rum bei Innsbruck", "Gernsbach am Schwarzwald", "Windisch-Minihof", "Mürzzuschlag".

Ainda antes do fim do dia, aquilo se acabou. Assim como acontecia em todas as noites da semana em questão, à hora do pôr do sol (era, entretanto, bastante tarde), depois de continuar-a-não-fazer-nada com sucesso o dia todo, eu me dirigi ao Bar das Três Estações. O dono do estabelecimento, como era de costume, abriu o paletó novo à minha frente, mostrando-me a face interna sobre a qual, com suspeitas letras maiúsculas, lia-se: armani. Eu então, entrando na brincadeira, disse "Respeitável" e ele, por sua vez: "Como eu! *Comme moi!*"

Durante uma hora, não aconteceu nada além do habitual. Diante do balcão ou por trás dele, o que fazíamos, quase sem dizer palavra, no máximo, algumas exclamações, era assistir ao jogo de futebol que, como em todas as noites, era transmitido pelo televisor do bar: normalmente, eram jogos da liga inglesa ou espanhola, exceto quando havia jogos do Marseille, o time da cidade à qual o dono do bar, aos quinze anos de idade, órfão de pai, analfabeto e sem profissão, chegara meio século antes, vindo da cordilheira do Atlas, no norte da África, e onde, como ele também me disse, estabeleceu-se graças às muitas noites que passou ao relento logo ao chegar.

O fim de semana se aproximava e o Bar das Três Estações ("duas" do ponto de ônibus e "três" da estação regional, "à distância de algumas flechadas") estava povoado dos frequentadores habituais de depois do expediente, em contraste com a praça vazia que, com o passar do tempo, esvaziava-se ainda mais, entre o bar e a verdadeira, a "nossa" estação de subúrbio. A impressão de que o bar estava cheio era causada pelo fato de quase todos os clientes permanecerem de pé, junto ao balcão ou a alguns passos de distância dele, perto do televisor. Normalmente só havia, como também naquela noite, um único casal sentado num canto dos fundos, um lugar ao mesmo tempo doméstico e secreto, particularmente afastado da janela.

Cada um de nós permanecia em pé ou sobre um dos bancos altos, ali, afastado dos outros, diferenciando-se claramente no que dizia respeito à vestimenta, cor da pele e assim por diante. A rara e quase perturbadora exceção era um grupo, bem pequeno, é verdade, de dois ou três trabalhadores que apareciam às sextas-feiras, como hoje, estrangeiros, poloneses, portugueses, ou sei lá de onde. Tínhamos, porém, ao menos uma coisa em comum, o fato de que algo, como dizer isso?, não nos interessava nem agora nem nunca: viagem de férias; vide a praça deserta diante do bar. Durante aquelas duas semanas livres, ou bem cada qual voltava para casa na aldeia ou permanecia aqui, neste mesmo lugar, mas nenhum de nós buscava qualquer destino de férias. Jamais? Quem é que sabe?

Eu conhecia quase todos os clientes de depois do expediente e alguns não só de vista. Num lugar que havia se tornado seu lugar habitual, permanecia em pé o antigo dono do outro café da estação, aquele que tinha fechado as portas — a cada ano que passava, as portas apodreciam mais —, agora como um dos clientes, o mais silencioso dentre eles e também o mais empático e de coração mais aberto, alguém que se mantinha incógnito sem se comportar como quem de fato era. Às vezes, quando durante o dia eu passava diante do lugar onde antes ele havia exercido seu ofício, batia rapidamente nas portas de ferro baixadas para que elas ressoassem, uma sílaba e logo outra, imaginando que aquela saudação encontraria algum tipo de resposta naquele interior visivelmente vazio e abandonado.

Ainda que aquilo não fosse uma regra, às vezes, como acontecia naquela noite, surgiam, depois do jogo ou já durante o intervalo, conversas de fim de expediente. Adão, o português que era pedreiro, eletricista, construtor de telhados, marceneiro, técnico em calefação, etc., tinha conhecido uma mulher depois de sei lá quanto tempo, na semana que terminava, fazia seis dias, e ele contava e voltava a contar até seis com os dedos à minha frente. E como Adão estava radiante! E aquilo não vinha apenas de seus cabelos, lavados ao término do expediente, ou do rosto recém-barbeado. Ele já tinha ido duas vezes à casa dela. E embora a tivesse convidado para jantar fora, foi ela quem depois pagou as passagens de volta, de ônibus, bonde e trem, onze e noventa, mais caro que o prato que havia escolhido no restaurante. "E hoje ela já me telefonou catorze vezes! Pela primeira vez, uma mulher que não quer o meu dinheiro e que ainda é brasileira!"

O gerente, ou seja lá o que ele fosse, de um dos andares superiores dos prédios de instituições financeiras de La Défense era — ao menos foi essa a impressão que ele passou — quem melhor ganhava dentre todos os que se encontravam ali e que, ao contrário de nós, os tolos, era um dos "iniciados", começou subitamente a contar, sem que ninguém tivesse lhe perguntado qualquer coisa, que estava tentando justamente abandonar as altas esferas. Só que "eles" não o deixavam sair, "ainda não". Sua "competência" seria única e especial e ainda necessária. Mesmo assim sentia-se inferior, "abaixo do nível" dos outros lá em cima, daqueles que não pensavam em nada exceto em vencer e matar, sim, "eu não estou à altura deles! Eu quero outra coisa. Que coisa? Não sei. Se ao menos eu soubesse. Mas há uma coisa que eu sei e sempre soube: quero levar uma vida cavalheiresca, *une vie chevaleresque*, e isso é algo que aqueles lá, do outro lado das montanhas, não permitem, sequer conhecem algo assim, não têm a menor ideia do que seja *une vie chevaleresque*. Libertar-se — mas como? Livrar-se dos assassinos dos andares superiores e ingressar no mundo dos cavalheiros — mas como?"

Eu tinha o hábito de sempre desviar os olhos dos acontecimentos internos para os externos, tão distantes quanto possível, menos para os céus do que para o chão e a terra. O lugar mais distante que era possível avistar dali era o parque infantil, no prolongamento da praça diante da estação, para oeste, o que, naquele fim de tarde, significava literalmente em direção ao pôr do sol. Mas ainda por muito tempo depois que o sol havia desaparecido no horizonte, duas crianças continuavam a se balançar ali e, assim como tinha acontecido pela manhã quando observava as borboletas, aqueles dois pareciam ser três, tal a velocidade com que se balançavam numa espécie de competição, mais alto e impetuosamente quanto mais pálido e sombrio se tornava o horizonte. "As crianças que se balançam ao longe", ocorreu-me, e também: "Homero", mas não a épica guerreira da *Ilíada* nem as andanças de Odisseu, nem mesmo o retorno aos seus ao final, mas, sim, uma terceira epopeia homérica, uma que nunca existiu e nunca existirá. Ou, sim, — ainda que não fosse dividida em cantos? E veja agora as crianças: primeiro, uma se balança no alto ao longe, depois a outra. E quanto mais perto a escuridão, mais alto balançavam as crianças.

Depois, já tinha anoitecido havia tempo, eu me encontrava ainda no Bar das Três Estações que aos poucos esvaziava, ao lado de Emmanuel, o pintor de automóveis que de vez em quando enviava ao meu telefone celular algum poema que tinha acabado de criar, normalmente nas horas da madrugada, antes de se dirigir à oficina situada em alguma das cidades novas a dúzias de estações de distância dali.

"Manu" era, dentre todos os frequentadores de depois do expediente, o que com maior seriedade, ainda que não com maior frequência, falava de si mesmo. Se fazia aquilo apenas comigo, como agora, enquanto conversávamos a sós, e só quando indagado ou não, não sei dizer. De qualquer maneira, eu seria capaz de contar algumas coisas a seu respeito, além do fato de que, quando muito, usava camisas e preferia aquelas que não precisavam ser passadas.

Hoje fiquei sabendo o que era a pequena mancha, aparentemente uma queimadura ou marca feita com tinta indelével que havia em seu antebraço: tratava-se de uma tatuagem, sua única tatuagem. Ele mesmo na adolescência, havia mais de quatro décadas, a incutira na própria pele, tomando como modelo *une pâquerette* (de *pâques*, Páscoa?), uma margarida ou uma bonina. E qual era o motivo daquela autotatuagem? Com o fim da infância, vira-se excluído pelos outros que tinham sua idade, e com a família, o pai, a mãe e os irmãos, havia tempo que já não se entendia. Com aquela tatuagem, queria fazer um sinal visível: Eu faço parte! — Um sinal para quem? Para os outros jovens? — Eles, não espanta, sequer notaram a tatuagem — nem notaram que se tratava de uma *pâquerette* e nem que ele se tatuara. O sinal de "eu faço parte" destinava-se a mim mesmo. — E funcionou? A partir de então você passou a ver a si mesmo como igual aos demais? — *Mais oui*, sim, claro!

Tendo voltado ao lugar onde nascera e passara a infância, ao término do serviço militar do outro lado do oceano, nas selvas da Guiana, e tendo sempre trabalhado, Emmanuel raramente tinha cruzado, a partir de então, os limites daquele distrito administrativo. Nas décadas anteriores, não fora uma única vez a Paris, do outro lado das montanhas, e muito menos à praia. Casamento? Nenhum. Crianças? *Néant*. Mulheres? Ele adorava aquela, e quando falava dela, apenas por meio de alusões, só falava bem. Além disso, evidentemente havia tempo que nenhuma mais "tinha ido com ele", pois o que me contava então sobre o último encontro soava como uma canção casta: com uma espécie de êxtase infantil, indicava o lugar em sua face, cuidadosamente barbeada numa sexta-feira à noite, para o qual "ela" sussurrara o beijo, mas já vários meses haviam passado desde esse acontecimento.

Um homem infantil e também pueril: assim era ele. E ao mesmo tempo, eu imaginava, e não apenas na noite em questão, imaginava algo que nunca ninguém em nossa região tinha imaginado: esse Emmanuel um dia, e até mesmo em breve, haveria de matar alguém. (Mas não havia ali um outro, um terceiro assassino? Talvez falemos sobre isso mais tarde…) E eu não dispunha de nenhum tipo de explicação para aquela "cara", muito menos para o fato de que nos filmes policiais, pelo menos nos antigos, os assassinos sempre tinham as pupilas voltadas para o alto, prevalecendo a parte branca dos olhos, como era o caso também de meu amigo.

Uma vez abordei esse assunto e ele só riu de mim. Mas sua primeira reação a essa minha afirmação, feita em tom de brincadeira, foi um recuar quase imperceptível, um súbito afastar-se de algo. E agora, ao lado dele no bar, longe dos demais e também do proprietário — ainda que seus ouvidos estivessem em toda parte —, eu lhe perguntei: "Você já matou alguém?"

Eu mesmo não saberia dizer como, subitamente e de chofre, fui capaz de formular uma pergunta como aquela. Não havia naquilo nenhum tipo de segunda intenção — ainda não. Mas aquilo tampouco era uma pergunta feita em tom de brincadeira. Era sério. "Finalmente voltamos a nos tornar sérios!", dizia algo em mim. "Adeus, querido ócio."

"Sim, uma vez", respondeu ele, "na Guiana, embora não de propósito, mas ainda hoje isso me dói, matei uma cobra. Tinha sido presente de uma mulher no último dia de serviço militar, uma cobra da selva, mansa e inofensiva, um belo animal cuja pele tinha desenhos como os da casca de uma árvore. A mulher colocara especialmente uma coleira em volta do pescoço da cobra em uma caixa para ser transportada, para que eu, tendo voltado à minha casa na França, pudesse levá-la para passear. Ainda naquela mesma noite, sem querer, e já não sei mais por que, eu me pus a puxá-la pela coleira repetidamente, talvez por brincadeira, no escuro, e na manhã seguinte, encontrei minha querida cobra morta, sufocada. Minha culpa eterna!"

"E eu, naquela época, em Oran, matei uma andorinha", intrometeu-se o dono do bar que estava justamente varrendo o chão junto à extremidade oposta do balcão. "Na verdade, não tenho certeza. A andorinha se encontrava sentada com várias outras, a uma certa distância sobre um fio, e eu estava junto à janela do quarto da minha mãe e mirei o estilingue em direção a ela — ou terá sido apenas em direção ao fio? — E subitamente, sem que fizesse qualquer coisa, a pedrinha saiu voando e no lugar onde a andorinha estivera sentada: uma lacuna! Meu Deus, como me assustei e de todos os bofetões que levei de minha mãe, este foi o único que recebi em silêncio completo." (*Ambas as histórias aqui traduzidas para o alemão.*)

Nas perguntas subsequentes que fiz a Emmanuel, minha voz se tornava mais e mais baixa, e isso não para escapar dos ouvidos de Djilali, o "Superior" ou "Poderoso". Falava em voz baixa, é verdade, mas de maneira tanto mais clara, sílaba por sílaba: "Você seria capaz de matar alguém para mim?" Ele sequer balançou a cabeça, apenas sorriu brevemente ao mesmo tempo em que se ria de mim: se aquilo era mais uma brincadeira, não era boa. E então afastou seu olhar. E eu acrescentei: "E se eu lhe pagar para fazer isso? Dez mil? Quinze?" Ao ouvir isso, meu amigo, o pintor de automóveis, voltou o rosto por sobre o ombro em minha direção e perguntou: "O que essa pessoa lhe fez para querer vê-la morta?" E eu: "Não foi a mim que ela fez algo, ou melhor, foi também a mim, mas já estou acostumado. Às vezes até estou de acordo que isso aconteça, às vezes até faz bem: mas essa pessoa fez algo à minha mãe, minha santa mãe, que Deus a tenha. E fez algo pior do que apenas cometer uma simples injustiça."

Agora as coisas se tornavam sérias e mais sérias a cada palavra, pois naquela noite, subitamente, eu disse algo em que, durante todos aqueles anos, eu apenas havia pensado em silêncio comigo mesmo (se não constantemente, ainda assim em intervalos regulares), logo acrescentando: "Quem ofendeu minha mãe, o fez por meio de palavras que a desonraram completamente, devendo ser assim banido deste mundo. Já está mais do que na hora: se não hoje à noite, então amanhã ou no mais tardar, depois de amanhã!"

O dono do bar, de longe, enquanto enxugava copos, com a voz de locutor de estádio: "*Matâ*! Matar! Com a espada. *Mah al-saif*. Degolar!" Para ele, sequer era preciso saber detalhes da ofensa; ofender uma mãe era algo que a seus olhos merecia a morte por si só. Emmanuel tampouco perguntou qualquer outra coisa sobre o assunto e, embora não tivesse em mente nada relacionado à própria mãe ou a mães em geral, agora seu olhar por sobre o ombro parecia me compreender ou pelo menos compreender meu mau humor — mas aquilo não era só mau humor. Pois não é que logo a seguir ele disse: "Você mesmo é que tem de fazer isso", ainda que, é verdade, novamente o fizesse naquele mesmo tom de brincadeira com o qual nosso diálogo, ou triálogo, havia começado. "Num caso como esse, um assassino de aluguel é inadmissível." Ao que eu então anunciei: "Não, tem de ser um assassino de aluguel. Eu, como filho, não devo e não posso ser o executante da vingança contra aquela mulher!" Ao que o cliente e o dono do bar retrucaram, quase em uníssono: "Ah! Mas então trata-se de uma mulher!" Seguiu-se, por algum tempo, o silêncio.

E, subitamente, um desconhecido que tinha ouvido tudo sem ser percebido se ofereceu para matar a mulher que cometera o crime capital, sem pagamento e a sério. Eu então recuei e menti: "Mas isso foi só uma brincadeira!"

Ainda permanecemos juntos no bar até pouco antes da meia-noite, e não só nós três, como também outros clientes tardios como os três lixeiros que depois de seus percursos que esquadrinhavam o vale de altitude em todas as direções, sabe-se lá por que, resolveram convidar a mim e aos demais para um último — não, nunca se deve dizer "um último" — copo. Na televisão passava, sem volume, *Rio Grande*, com John Wayne, ao que alguém comentou: "Que andar bonito ele tinha!"; ao que o dono do bar disse: "Como eu, *comme moi*!"

Propositalmente, voltei para casa passando pela estação. O último trem, para Saint-Quentin-en-Yvelines, passando por Versalhes e Saint-Cyr, ainda estava na plataforma. Cruzei a passagem subterrânea e também em seguida, por cima dos trilhos, à procura daquilo que, em meus jogos de pensamento junto com Manu, tinha imaginado como instrumento para minha vingança. É verdade que procurava de maneira um tanto desinteressada, pois já havia tanto tempo que não encontrava a pessoa em questão que eu a imaginava perdida, desaparecida para sempre, morta. Normalmente, quase sempre, ele ficava ali, pouco antes da meia-noite, depois do penúltimo trem, em algum lugar na penumbra, atrás de uma reentrância na parede ou de alguma coluna, escondido, invisível às câmeras de vídeo. Mas assim que me via, imediatamente erguia a voz, uma voz branda que soava como se estivesse preocupado comigo, perguntando como eu estava. E quando, certa vez, eu avançara em direção a seu esconderijo atrás da coluna — ele imaginava que em minha companhia deixava de parecer suspeito — e lhe perguntei onde morava, recebi a resposta habitual de um desabrigado: "*À gauche et à droite,* primeira à esquerda, primeira à direita." No verão, bem como no inverno, ele usava a mesma jaqueta fina e limpa, vide o corta-vento (um termo adequado), e frequentemente estava tremendo de frio, e não só em dezembro, enquanto sua voz sempre soava confiável e branda como a de um animal doméstico. Trabalhara como cozinheiro em vários cafés, nunca em Paris, mas sempre em torno da cidade, nos subúrbios em todas as direções, norte-sul, leste-oeste, e já àquela época, ainda que de outra forma, uma semana aqui e outra semana lá. Isso fora havia muito tempo e, desde então, vivia sei lá do que, invisível durante o dia e surgindo, pouco antes da meia-noite, detrás da sombra de uma coluna ou de um nicho numa parede da estação local ou de alguma das estações vizinhas. Não havia cozinhas menores do que aquelas cozinhas de cafés. Até mesmo uma cozinha de barco era espaçosa em comparação a elas. Geralmente elas se encontravam em porões, junto aos banheiros, e numa das vezes em que ele me avistou de algum dos cantos da estação, eu o vi, com olhos exageradamente grandes, vi apenas sua cabeça, como se estivesse atrás da porta envidraçada de uma cozinha assim, com o chapéu de cozinheiro sobre o crânio negro africano, e não de frente, como eu o avistava agora, mas sim de perfil, sem ver mais nada além dele, inclinado sobre uma invisível frigideira ou sobre algum outro utensílio de cozinha; sua cabeça surgia embaçada e distorcida pelas gotas de vapor do lado interno da porta envidraçada, um tanto fora de si e, ainda assim, como acontece aos cozinheiros natos, completamente absorto pela atividade que ele agora já não mais exercia e que, ainda que me contasse com paixão sobre as maneiras de preparar os pratos, os diferentes tempos de cozimento e receitas altamente originais, ele jamais voltaria a exercê-la. Ou, quem sabe, talvez sim? Ainda estava longe de estar velho. Voltar para a África? Não havia, ali, necessidade de outros magos, de magos como ele? De santos que se escondem atrás de colunas como ele?

Em nossos últimos encontros noturnos, Ousmane me deu medo, medo não por mim, mas por ele? Antes um medo indefinido, sem objeto determinado. Já não era mais possível continuar a viver (ou a não viver) como ele vivia, dia e noite. Ou de um momento para o outro — que instante terrível! — não seria mais possível. Algo haveria de acontecer a não ser que alguém o protegesse. E este alguém era eu, que fazia tempo era a única pessoa com a qual ele se relacionava. Como eu sabia daquilo? Eu sabia. E protegê-lo significava: eu deveria lhe dar uma incumbência. Uma tarefa em troca de dinheiro? Ele, Ousmane, sempre tinha recusado minhas ofertas (iniciais) de dinheiro com descaso, não, com orgulho, mas ainda assim, com rigor. No máximo, de vez em quando, me mandou comprar uma caneca de café da meia-noite na lanchonete que vendia churrasco grego, o único estabelecimento que ainda permanecia aberto nas cercanias da estação. E, agora, ele tampouco aceitaria dinheiro para realizar aquela incumbência. "Já há muito, muito tempo estou aguardando você me dar uma incumbência. Já está mais do que na hora! Você me deve isso!" Ele não dizia, mas me fazia sentir, não só com seus olhos enormes que pareciam não ter cílios, como também com aquilo que indagava, de maneira cada vez mais enfática e, por fim, única, em vez de uma saudação ou de qualquer tipo de troca de palavras: "Você ainda mora sozinho na sua casa? A casa é grande? Quantos cômodos tem? Quantas bocas tem o fogão? A casa fica numa via pública ou numa rua particular?" Ele queria que eu o hospedasse em minha casa, não como alguém que se perdera e por amor ao próximo, mas sim como parceiro e sócio, o que já estava mais do que na hora, depois de todas aquelas sucessivas conversas noturnas em meio ao frio da estação. Não é que ele desejasse viver comigo na casa. Ele exigia. Nós viveríamos juntos e, a dois, faríamos coisas nunca vistas. Então que eu fizesse o favor de pensar numa incumbência para ele, para que ele a realizasse, palavra de *chef*, alguma coisa que precisava ser resolvida! No último dos nossos encontros, quando, como de costume, perguntou sobre minha casa, proferindo as mesmas palavras de sempre, aconteceu que Ousmane, subitamente saindo de trás da coluna, me atacou com golpes de boxe, amigáveis, é verdade, à moda africana, por assim dizer, mas apesar disso com tanta força que quase me derrubou. E pela primeira vez percebi o tamanho desproporcional dos punhos daquele homem, tão delgado quanto frágil, e também o comprimento dos seus dedos que chamava ainda mais atenção por causa da coloração quase branca do lado interno das mãos.

Será que logo esqueci daquele momento? Seja como for, gostava de Ousmane. Ele permanecia, para mim, como uma pessoa de valor, como um daqueles que, por um instante, seriam capazes de se transformar de "ele" ou de "o senhor" em "eu", enquanto eu, ao contrário, me tornaria "você! sim, você!", numa metempsicose inesperada, insuspeitada, por um instante, a respeito do qual, eu poderia depois contar para sempre. A permanente ausência de Ousmane significava uma dor para mim. E ainda assim, eu me sentia aliviado por não o encontrar naquela meia-noite atrás de alguma das colunas ou dos pilares. O assunto que eu tinha em vista não era nada para ele, não era algo que dissesse respeito a nós dois: dizia respeito somente a mim. Eu não tinha o direito de incumbir ninguém daquilo. E ainda assim, aquilo era uma incumbência: eu mesmo tinha de me encarregar dela.

A caminho de casa vindo da estação, não fui andando pelas calçadas e, sim, pela pista central da estrada que partia do sul da localidade e que costumava chamar às vezes de "Carretera", às vezes de "Magistrala". A faixa, que durante o dia era branca como a neve e agora à noite parecia fosforescente, começava logo depois da passagem subterrânea, com a largura de quatro rodas e aos poucos, à medida que se afastava da cidade, tornava-se mais e mais delgada, como uma flecha, até que, ainda antes da bifurcação que levava à minha casa, passava a ter a medida habitual das faixas centrais de estradas. Era por lá que eu caminhava, sem me importar com os automóveis que, ainda que esporadicamente, passavam e sempre — não houve entre eles nenhum que tivesse buzinado ou piscado os faróis — desviavam de mim descrevendo curvas, como se uma pessoa correndo assim, pela faixa central de uma estrada, fosse algo óbvio.

Uma vez na cama, adormeci imediatamente. Um sono sem sonhos. Mais cutucado do que arrancado desse sono, eu então sentia que tinha sido desperto de maneira ao mesmo tempo súbita e suave. Tinha a sensação de que o tempo não passara, como se estivesse em uma espécie de tempo intermediário. E ainda assim, o relógio luminoso num canto do quarto mostrava que eu tinha passado mais de duas horas dormindo. Ao contrário do que acontecia normalmente, quando despertava de dia, bem como de noite, eu sempre sabia imediatamente que horas eram, às vezes exatamente, acertando até os minutos — algo que fazia desde a infância para o espanto de toda a família na aldeia —, ali, naquela hora, eu tinha me enganado completamente, errando por um grande intervalo para mais cedo ou mais tarde. Será que aquilo tinha sido causado pelo brilho da lua? Como adormecera imediatamente, as persianas haviam ficado abertas. — Mas a lua não estava brilhando e por certo não era noite de lua cheia. Ou será que eram os gritos das corujas que, vindos da montanha eterna, ecoavam pelo interior da casa? Novamente, não. Era impossível que os gritos das corujas despertassem alguém pois, desde sempre, os sons prolongados dessas aves da madrugada só aprofundavam ainda mais o silêncio, envolvendo-me no mais tranquilo e contínuo dos sonos.

Completamente desperto, eu era a tranquilidade em pessoa. Em geral, sempre que durante a primeira metade da noite eu tomava algum tipo de decisão irreversível ou sempre que chegava a algum tipo de conclusão definitiva, ao despertar, fosse de dia ou, como acontecia com maior frequência, ainda de madrugada, tudo se tornava novamente questionável. E não era só isso: tudo o que fora pensado na véspera, tudo o que de maneira evidente acontecera, tudo o que sabia e que fora decidido irreversivelmente tornava-se, de um só golpe desferido por um punho gigantesco, o mais completo contrassenso aos olhos daquele que fora arrancado do sono, algo absurdo e, além disso, uma pretensão e ousadia, uma heresia, o desconhecido "pecado capital da soberba". E tal transformação dos acontecimentos nas primeiras horas do amanhecer era a regra e, aos meus olhos, uma espécie de lei (que, nas horas noturnas que as tinham antecedido, eu sempre esquecia).

Mas aquela era uma época diferente da habitual. Tarde da noite ou de madrugada: a decisão da véspera permanecia firme. Vingar a ofensa da qual minha mãe fora vítima não era nenhum tipo de ilusão. Colocar-se em marcha e não descansar até que o trabalho tenha sido executado! Durante todos aqueles anos, aquilo não tinha sido nada além de uns jogos de pensamento, ainda que sérios, muito sérios, verdadeiras tragédias: aquilo havia finalmente passado. Mas com o passar dos anos, aquele crime não teria prescrito? — Que tolice: crimes como aquele não prescreviam nunca!

Agora o mais importante era não se precipitar, algo que, no que dizia respeito às palavras tanto quanto aos atos, era um dos meus erros fundamentais. Muito embora eu mal me aguentasse na cama, permaneci deitado com a janela escancarada. O murmúrio da estrada que cruzava o planalto, por trás das florestas, soava mais baixo do que na semana anterior, durante a Páscoa, abafado pelas folhas que tinham acabado de brotar, era quase um sussurro se comparado ao rugido dos automóveis no inverno. Não havia nenhum vento, só um hálito noturno que entrava pela janela, como se eu estivesse sendo tocado apenas pelo elemento ar.

E então, ao raiar da primeira luz do dia, engraxei meus sapatos mais velhos e bem conservados com os quais, muito embora não fossem sapatos de caminhada, eu atravessara os Pirineus espanhóis, seguindo então em direção ao sul, para a Sierra de Guadarrama e depois para a Sierra de Gredos. E me concedi um café feito com os grãos jamaicanos da Blue Mountain, moídos com minhas próprias mãos, ao qual, para além do gosto, eu atribuía poderes curativos que não podiam ser encontrados em nenhum outro café do mundo, isso não apenas naquela manhã. Era notável como na hora que precedia o nascer do sol, o paladar e o olfato predominavam sobre a visão e a audição, meu olhar e meu escutar, que predominavam nas demais horas. O cheiro da graxa de sapatos, assim como o dos grãos de café Blue Mountain ainda não moídos, me perpassavam enquanto as vistas e os ruídos do amanhecer, até mesmo os mais delicados, significavam pouco ou nada para mim: apesar de ali presentes, era como se não estivessem. Era como se todos os sons e todas as imagens tivessem sido abolidos. E é notável que, assim como se em troca da perda do sentido daquele momento, eu tivesse adquirido um sentido adicional em relação ao peso das coisas: involuntariamente, pesava com a mão cada um dos poucos objetos que colocava na minha sacola e, ao passá-los de uma mão a outra, sentia agora um prazer até então desconhecido ao encontrar o peso "justamente certo" para meu propósito ou a leveza "ideal". E por fim, eu, que normalmente sou incapaz de engolir qualquer coisa nas costumeiras horas matinais, mesmo ao fim da manhã ou até no começo da tarde, senti um apetite imediato e com grande prazer, sob a tília do jardim, comi uma maçã do tipo Ontário e uma fatia de pão torrado, chamado *"pain festif"* (da padaria local); a cada "gole" (assim pareciam os bocados), o prazer do meu paladar era seguido por um movimento involuntário de descansar a cabeça para trás, sobre a nuca, como numa refeição de deuses. Devorei a maçã como às vezes faço com peras, comendo também a parte dura de seu interior, os caroços, até o cabo.

Nenhum dia sem ler um livro, sem soletrar, sem decifrar. Qual dos livros que eu estava lendo deveria levar comigo naquela expedição? *Os trabalhos e os dias*, de Hesíodo? O *Evangelho "segundo Lucas"*? *Les Gens d'en face*, de Georges Simenon (que não é nenhum dos seus romances policiais nem de suas histórias de detetives — nada de romances policiais ou investigativos agora! — e muito menos naquele dia especial)? Nem Hesíodo: ele, depois de louvar a Idade do Ouro e já com menos entusiasmo, a da Prata, lamenta, acho que a quinta e última, a do Ferro, como o que há de pior; e como tal que, em seu tempo, o poeta já via a era em que vivia, há mais de dois mil anos: o presente. Não, nada de *Os trabalhos e os dias* nessa viagem. E nem as boas-novas de Lucas, junto com a Ressureição e a Ascensão e ao final, os piores pecadores, talvez "ainda hoje comigo no Paraíso" — outra vez, sim, talvez até mesmo depois de amanhã, mas hoje: não! E Simenon iria me distrair de meu objetivo com sua maestria em narrar — ainda que não tivesse nada contra certas distrações e às vezes as considerasse importantes — mas uma distração desse tipo durante os próximos dias: novamente, não! Aquele deveria ser um dia sem leitura ou, no máximo, com uma leitura casual, passageira, como a de uma inscrição em algum tijolo, alguma parede. E, ainda assim, já me fazia falta o murmúrio das páginas de livros quando são viradas, especialmente o estalo de algumas folhas de papel-bíblia, uma música incomparável. Nenhum livro hoje. *No book today, my love is far away.*

Ao contrário do que tinha acontecido em todas as minhas partidas anteriores de casa, jardim e lugar, dessa vez eu não procurava sinais de qualquer tipo, nem estes nem aqueles (ou será que eles simplesmente teriam deixado de saltar à minha vista?). O fato de o cadarço do meu sapato ter se arrebentado enquanto o amarrava não significava que seria aconselhável permanecer em casa, nem que semelhante ímpeto seria minha ruína — não significava nada, nada e absolutamente nada —, bastava colocar tranquilamente novos cadarços, esses, e de qualquer maneira, já havia tempo que estavam bons para serem jogados fora. E o gato preto como um corvo que cruzou meu caminho? Que venha outro atrás dele! E a sacola de viagem que eu levava pendurada no ombro não parecia uma réplica daquela trouxa com a qual, havia cento e dez anos, Leo Nikolaievitch Tolstói partira de sua propriedade, Yasnaya Polyana, para morrer numa sala nos fundos de uma estação ferroviária — como-era-mesmo-que-ela-se-chamava? — E daí? — E no céu, lá em cima, os dois aviões que voavam, um pertinho do outro: será que o segundo não estava perseguindo o primeiro, prestes a abatê-lo em pleno voo, e aquilo significaria o começo da guerra? — Isso, era uma vez.

Não havia nada que fosse capaz de desencorajar minha partida. Tampouco havia necessidade de qualquer tipo especial de encorajamento. Algum outro dia, talvez, eu tivesse interpretado como um agouro a vista do tordo que, com o peito vermelho, esvoaçava pelo jardim que separava a casa do portão, sempre rente ao solo. Mas agora eu via sua brincadeira, sua apresentação e seus voos que o aproximavam de mim, que o afastavam, indo e voltando para junto dos arbustos, simplesmente como um número extra que, tendo sido acrescentado ao programa, confirmava na verdade que eu era parte de todos os demais acontecimentos naturais à minha volta, confirmava minha intenção e me incluía no jogo.

Mas o que era aquilo que o pequeno pássaro, com o peitinho estufado e manchado de cor de tijolo, estava me apresentando? Ele representava o papel de "treinador da vingança". Sim, esse era um papel que existia e, se não existia, então pelo menos ele o interpretava enquanto durasse aquela cena em minha imaginação. E aquela cena não vinha apenas da minha imaginação, pois lembrava, rememorava e repetia aquela outra, totalmente diferente, do *Velho Testamento*, na qual o profeta Elias, ou seja lá quem fosse, no deserto, ou seja lá onde fosse, depois de uma longa espera, finalmente ouve a voz de Deus que, no entanto, não se encontra nem na tempestade, nem nos raios e trovões iniciais, mas só surge depois, se não me engano, em meio ao prolongado silêncio que se segue, e é desse silêncio que vem a voz de Deus, como o mais baixo dos cochichos ou sussurros (qual é mesmo a palavra hebraica?) ou, conforme imagino, como o piar de um pássaro.

Esse episódio bíblico em geral é considerado exemplo e prova de que Deus se faz ouvir, não por meio das forças da natureza, na voz das tempestades e trovoadas, mas sim... (reticências). Nas *Sagradas Escrituras*, a história prossegue da maneira adequada: a voz sussurrante de Deus surge em meio ao silêncio, mais suave impossível, e anuncia, com ênfase e urgência, algo ao profeta no deserto: Vingança! Vingue-me! Vingue meu povo!

Era assim que eu também me sentia naquela manhã de partida, como espectador da apresentação do passarinho de plumas vermelhas. Em toda a parte, corvos gritavam, gralhas gemiam, chapins afiavam os bicos, papagaios asiáticos davam gritos estridentes, galos cantavam, pombas gemiam, sim, gemiam, pegas-rabudas clamavam, chapins pipilavam, os sei-lá-como-se-chamam tamborilavam, mas do tordo, que esvoaçava à minha volta e à minha frente, descrevendo elegantes *loopings* ao alcance da minha mão, cujo bater de asas era quase inaudível, não se ouvia nenhum pio.

E por fim, o passarinho pousou, à altura dos meus olhos, num galho desfolhado e espinhoso, olhando-me com sua cabecinha emplumada sem fazer o menor ruído com o bico. Um som, e logo sons ininterruptos, breves, sempre idênticos, ritmados, vinham do seu gangorrear sobre o galho, do seu assentir intermitente com o corpo inteiro, não apenas com a cabeça, um assentir com todas as suas forças que, por fim, também se tornou audível na forma de um delicado raspar que era ao mesmo tempo uma ordem severa: "Faça-o! Faça-o!" E aquilo continuou a ser apresentado e repetido para mim até que o tordo alçou voo, silenciosamente, em direção à cerca coberta de hera na qual havia três dias estava construindo seu ninho, e só então percebi que levava no bico espirais saídas do apontador de lápis enquanto o galho, vazio, continuava a gangorrear.

Com o passar dos anos, instalou-se em mim o hábito de cada vez que partia voltar o olhar por sobre o ombro, para o portão e a casa parcialmente encoberta pelas árvores. Enquanto isso, recuava vários passos, na verdade passos contados, ora nove, ora treze, escolhendo livremente entre os supostos números sagrados dos maias em Iucatã. Naquela manhã, porém, abstive-me de olhar para trás e recuar. Avante, em linha reta!, a passos de largura incomum, quase como um orador que sai dos fundos do palco em direção ao púlpito.

Ao fazê-lo, eu me sentia inteiramente senhor de mim de uma maneira como, até então, só tinha sentido em épocas sagradas. Será que estava por começar mais uma época sagrada? Nós haveríamos de ver. (Nós? Eu e eu). Também sentia cada uma das fibras ou cada célula, ou seja lá o que fosse do meu corpo, tensionada por algo que, em comparação com a juventude, desaparecia cada vez mais: sentir-se tensionado e vibrar com aquela presença de espírito que era também prontidão. Por outro lado, ainda antes dos anos de juventude, ou pelo menos durante a infância, minhas ausências já eram igualmente frequentes e, com o passar do tempo, "por questões de idade", haviam se tornado ainda mais fortes, sendo especialmente agudas no que dizia respeito aos esquecimentos cada vez mais recorrentes e à incapacidade de encontrar os chamados objetos de uso cotidiano, seus o quê, como e, sobretudo, onde — até que fui capaz de encontrar a explicação ou, se quiserem, a desculpa de que isso tudo se devia menos a mim mesmo e minha idade e mais à inutilidade e ao caráter supérfluo de quase todos esses objetos de uso supostamente quotidiano —, e o dado que talvez seja ainda mais palpável — ou até mesmo impalpável — de que todos os objetos contemporâneos, exceto alguns antigos objetos originais ou clássicos, parecem ser intercambiáveis, parecem ter a mesma forma, não possuem nenhum tipo de característica distintiva e ainda o caráter desnecessário de todos os assuntos domésticos e extradomésticos, o que por fim resulta que tanto jovens quanto velhos perdem e esquecem as coisas, de modo às vezes espantoso.

Explicação? Desculpa? Seja como for: com a partida agora, imediatamente, para longe de casa e do lugar de residência: um novo despertar da presença de espírito original que ressurge, nova e transformada: por um lado, conter-se, "conter-se ao máximo", como ante a ameaça de uma catástrofe ou de uma guerra, a última (conter-se também e dispor-se a atacar); por outro lado, o despertar de uma presença de espírito que é como uma pedra de amolar, que descreve um movimento circular, reconhecer e, como no mesmo momento, sim, simultaneamente fazer parte, mas de quê? De mais e mais coisas, de nada e absolutamente nada — pacificamente; é impossível imaginar mais pacificamente (na terra) — a própria encarnação da paz, sua materialização. "Pacificamente, sem concorrentes": pelo menos era assim que me sentia, a paz antecipando-se e a guerra, ou aquilo que me ameaçava, recuando para algum lugar: de modo geral, uma séria sensação de paz, e eu, pela manhã, a caminho ainda não sabia de onde, como parte dessa sensação. Lembrei-me de uma frase de *Anton Reiser*[1] a respeito de uma manhã morna, porém encoberta: "o tempo tão propício à viagem, o céu tão encoberto, tão baixo e próximo da terra, os objetos à minha volta, tão sombrios, como se a atenção devesse apenas à estrada se ater e nela fixar-se".

Como era possível, porém, que antes de deixar a alameda, entrando na Carretera, eu tivesse assustado a jovem que se equilibrava sobre os sapatos de salto alto, andando pela calçada em direção à estação e que recuou ao ver a mim, que me sentia tão sério e pacífico, um recuar súbito à minha vista, acompanhado do mais estridente dos gritos?

Sim: já desde a infância eu tinha fantasias violentas e não eram simples fantasias, para não dizer nada aqui do meu padrasto cujo crânio, depois das noites em que ele arrastava minha mãe pela casa, espancando-a — e rindo —, eu

---

[1] Romance psicológico do escritor alemão Karl Philipp Moritz, publicado pela primeira vez em 1790. [N.T.]

esmagava com o machado apanhado na cabana de madeira, enquanto de manhã ele dormia, embriagado, no chão junto à cama de casal. E ainda no último ano, aqui, no outro país, eu, o estranho, o estrangeiro, ante o frequentemente interminável uivar e ganir dos cachorros locais, mais locais impossível, nos jardins dos vizinhos, voltava sempre a me ver assediado pela ideia, de resto desprovida de qualquer atrativo, de atacar e lançar pelos ares as respectivas casas locais com uma bazuca — embora não tivesse a menor ideia de como é uma bazuca, nem de como funciona —, arrasando-as completamente, transformando-as num inferno de chamas com todos os gritos de seus animais e pessoas. E, de fato, um dia eu haveria de cometer um ato de violência (ou talvez não): arrebentar a vitrine da escola e loja de artigos de ioga virando a esquina, usando para isso um dos muitos fragmentos de pedras do tempo do Império que jaziam por ali, como punição pelo seu uso indevido de versos de poetas para fins de edificação, superação e paz de espírito, entremeando-os com palavras de sabedoria indiana e tibetana como, por exemplo, "aceite todas as situações, todas as emoções, todas as ações, todas as criaturas", em meio às quais também se lia: "favor chegar dez minutos antes do início da aula" e "pede-se tirar os sapatos antes de entrar".

"Eu vou matar você (ele, ela)!", era isso que me vinha aos lábios, já como maldição, em momentos que não eram propriamente de santidade, quando falava comigo mesmo. Mas nunca havia proferido tais palavras e menos ainda em voz alta ou na frente de alguém. Se um dia isso chegasse a acontecer, conforme imaginava, uma maldição realmente recairia então sobre mim e, mais cedo ou mais tarde, eu seria de fato obrigado a cometer um assassinato. Meus antigos sonhos recorrentes, segundo os quais eu seria membro de uma família de assassinos que estava prestes e ser desmascarada — de uma linhagem que ao longo dos séculos voltava sempre a assassinar —, já haviam desaparecido tempos antes, para meu espanto e também para minha tristeza.

Sabia e sentia, sabe-se lá por que, ter nascido para assassinar e não sabia dizer se aquilo era provocado pelos sonhos ou se, pelo contrário, meus sonhos é que resultavam desse destino. Mas não sentia ter nascido para vingar. E, no entanto, seria necessário fazer uma distinção entre vingar a mim mesmo e vingar "alguém outro". Na minha lembrança, só uma única vez eu tinha me vingado por mim mesmo, não sendo possível que essa seja uma lembrança equivocada porque nada, absolutamente nada de uma vingança desse tipo me marcou, exceto o fato de ter sido ridiculamente malograda, tendo sido objeto de riso dele; não, dela, da jovem de quem eu desejava me vingar: já no primeiro gesto de vingança, uma palavra equivocada, imediatamente ignorada assim como eu. Era uma simples imitação, mais desajeitada impossível, daquilo que na infância (eu) imaginava ser uma "vingança". Uma brincadeira. "Uma vingança infantil."

Nos últimos anos, porém, mais de uma vez senti o impulso de vingar atos cometidos contra outros. E esses outros, curiosamente ou talvez não, eram, sem exceção, membros da família, da família de minha mãe, seus dois irmãos, forçados ao serviço militar do grande Reich na Rússia — "que a terra estrangeira lhes seja leve!" — e mortos por explosões, dos quais ela, a irmã, voltava sempre a me contar na adolescência, de maneira tão amorosa que era como se os dois estivessem diante dos meus olhos, reencarnados junto à porta. E ela contava e contava. Contava pela manhã, contava ao fim do entardecer, contava à noite. E eu, cada vez mais forte: Vingança! Mas: vingar-me em quem? Atacar a quem em meio a todos aqueles que, já havia tempo ou desde sempre, eram intocáveis? E ainda assim: Vingança! E novamente: mas como? De que maneira? Com que meios? Como obtê-los? Punir a quem e como? E punir não era uma responsabilidade que cabia às autoridades? Nada de autoridades aqui, nem de ministérios! Um único ministério: o ministério da vingança, e esse cabia a mim. E novamente: um impulso ainda mais forte e uma paralisação ainda mais forte.

Nunca imaginava que um dia haveria de assumir de fato esse ministério, algum dia e com toda a seriedade. E — assim eu o senti —, no instante em que aquilo me foi exigido, aconteceu sob um augúrio diametralmente oposto ao que mencionei. Algo comparável (não, não existe nada que seja "comparável") me acontecera uma única vez, muito tempo antes: uma carta anônima, com a ameaça de matar meu filho, não foi capaz de fazer renascer os seis milhões de judeus que foram mortos pelos meus antepassados (isso dito apenas nas entrelinhas). Isso já foi escrito, mas repito aqui, como faço com mais uma coisa ou outra nessa história: por causa da diferença de proporções. Não aconteceu naquela ocasião que eu imediatamente me pusesse a caminho da casa do remetente cujo nome logo adivinhei, com um canivete no bolso da calça ou com algo assim, como acontecia agora, na manhã em questão, para me vingar. Mas por quê? Àquela época, eu não sabia por que e hoje tampouco o sei. O que sei: não há e não havia ali nada para se saber. Nenhum porquê. Ou: o que se passava ali era pura mecânica, ainda que não vazia, dissolvendo-se no alívio; estar de frente, cara a cara, com o autor daquela carta que só me fitava junto à porta aberta, com um sorriso cruel, e eu envolvendo com o punho o canivete dentro do bolso, os dedos soltos, cinco ou quinhentos dedos que brincavam, uns dentro dos outros. Só não repreender e, sobretudo, não criticar, e cuidado! nada de punições. Punição: nunca, jamais, minha responsabilidade. Vingar-se — algo totalmente diferente —, que me foi gravado na carne através das histórias de minha mãe. Mas, na verdade, o que havia para vingar nesse caso?

Nem sempre me limitei a simplesmente imaginar atos de violência. Uma vez ou outra também acabei por, simplesmente assim, me tornar culpado. Sim, em alguns de meus atos, a violência tinha estado presente, como em minhas palavras, ainda que de outra maneira, muito mais impetuosa. E quando falo em palavras, sempre me refiro àquelas que foram ditas, nunca às escritas, isto é, destinadas à publicação, para este ou aquele público. Desde sempre, fora para mim um tabu escrever, anotar, transformar algo assim em escrita.

Não era possível pensar naqueles tipos de explicação, que surgem tão facilmente e que muitas vezes são persuasivas, para aqueles atos de violência verbal, talvez mais do que corporal. Ao longo de minha vida passei, com cada vez mais frequência e especialmente daquela vez, em meio às minhas reais ideias de cometer um assassinato, a considerar que o ápice da violência pública que é exercida, como que de acordo com as leis do direito natural, de forma oficial — novamente Homero — fosse aquela linguagem escrita que tiquetaqueia ao longe, sem palavras de provocação, ou seja, os jornais. A violência dessa linguagem que dispõe, arrasta, liga e costura letras como se fosse a única certa, a que sabe tudo melhor, a que entende tudo e a tudo julga, afastada das coisas, dos trabalhos e dos dias, era aos meus olhos o que causava o que havia de pior sobre a face da Terra, cometendo, contra suas vítimas indefesas, injustiças irreparáveis — pois isso era da natureza dessa escrita a distância.

Assim, eu teria considerado adequada uma designação profissional como "escritor a distância", pensando, é claro, num escritor a distância de outro tipo, de um terceiro ou um quarto tipo. E o que me levava a "assassinar!" era aquele artigo de jornal dirigido contra mim no qual, de passagem, na lembrança, como numa frase colateral, li que minha mãe seria uma entre os milhões de cidadãos da antiga grande "Monarquia do Danúbio" para quem a incorporação da Áustria, que se tornara tão pequena depois da Primeira Guerra Mundial, ao "*Reich* alemão" foi causa de alegrias e festividades, quer dizer, minha mãe teria sido uma das que se rejubilaram com a anexação da Áustria pelo *Reich*, teria sido uma seguidora, membro do partido nazista. Não se tratava simplesmente de uma frase secundária: na mesma página, junto com o artigo, via-se também uma fotomontagem na qual uma imagem muito ampliada da cabeça de minha mãe, que àquela altura tinha dezessete anos de idade, foi acrescentada a uma multidão que gritava "*heil*-ou-sei-lá-o-quê" na *Heldenplatz*[2] ou em algum lugar assim.

"É certo que esse assunto tenha se tornado tão mortalmente sério para você", disse comigo mesmo ao deter-me, no instante em que passava para a estrada, num daqueles costumeiros diálogos mudos: "Mas assim como há tempo para amar e tempo para odiar, meu caro amigo, não haveria também tempo para ser sério e tempo para brincar?" Ao

---

2 Literalmente Praça dos Heróis, fica na região central de Viena, junto ao antigo Palácio Imperial, na qual Hitler foi recebido com júbilo por uma grande multidão, logo após a anexação da Áustria ao Reich, em março de 1938. [N.T.]

que respondi: "Errado, meu amigo. Admito: o fato de que agora eu tenha me tornado tão sério, de maneira imediata e até mesmo súbita, não é algo mortal, mas algo que necessariamente se transformará num jogo especial, num jogo dos jogos que nunca, jamais na vida, poderia ser jogado sem toda essa seriedade, trata-se de um jogo perigoso e até mesmo de caráter incendiário. Mas assim quer a história." — "A História?" — "Tolo!" — "Você é que é um idiota!" E então um pássaro, lá em cima, sobre uma das árvores à beira da estrada, gritou balançando as asas, voltando a repetir: "Idiota! Idiota!"

E em meio a tudo isso, eu ainda tinha olhos para a porta da casa do vizinho enfermo, no limiar da qual, ao longo dos últimos meses, os chinelos permaneciam constantemente um junto do outro e que naquela manhã estavam de pé, lado a lado, encostados na porta. E, do outro lado da rua, via o verdadeiro idiota que era como que meu par, carregando uma sacola e uma mala sem rodas, passando-a de uma mão para a outra como se não soubesse o que fazer com ela, como se com o sorriso de idiota, não soubesse o que fazer consigo mesmo nem para onde estava sendo levado. Eu o saudei e do outro lado da rua um ruído gutural pareceu saudar-me de volta: "*Bonjour!*" E mais adiante, na

Magistrale, encontrei outro solitário, um homem muito velho que "há horas, desde o primeiro trem da manhã" permanecia imóvel no meio da calçada, "como algo encomendado que não foi retirado".

Estranho ou talvez não, como na hora da minha partida para a expedição vingadora, se eu encontrava alguém, era então sempre alguém solitário. (Entre eles, aquele par: dois daqueles que eu chamava de "os novos pares": uma velha muito pequena, quase anã — mais uma dessas velhas velhíssimas —, que tateava à frente, passo a passo, com a bengala, apoiada na outra, uma acompanhante que comparada com ela era decididamente mais jovem, de salto alto e cabelos esvoaçantes ao vento, algo que não poderia ser dito sobre os cabelos da velha.) Também a bordo dos ônibus, na Carretera, sempre se via apenas um único passageiro e até mesmo ao olhar para trás, para a linha o trem, nunca se via nos compartimentos dos vagões que se sucediam mais do que uma única silhueta, cada vez mais distante. E então me ocorreu que ao ser levado pelo ímpeto de "faça-o! faça-o!", eu tinha me esquecido de que hoje era o último dia de férias depois da Páscoa, das férias de maio, e que apenas o dia seguinte, domingo, seria o dia da grande viagem de volta.

Mas como era possível que até os animais, que normalmente só são vistos em grupo, surgissem diante de meus olhos como criaturas solitárias, sem nenhum companheiro nas redondezas? Veja: a borboleta dos Bálcãs que normalmente é parte do turbilhão que um casal descreve no ar, um turbilhão que aumenta a cada olhar, agora aparece solitária como só uma borboleta dos Bálcãs pode ser, mancando para um lado e para o outro, perigosamente perto do chão, do piche e do asfalto. Como é possível isso? Basta de perguntas. Ficar sem perguntar como ao cerrar o portão de ferro: um cerrar que ressoou e ecoou por toda a região. E então seguir adiante, levado pelo vento da estrada que soprava contra o meu rosto.

Dignos de nota e ainda mais: dignos de serem narrados, de um modo ou de outro, os jogadores solitários que agem, de lugar em lugar, de quadra de esportes em quadra de esportes, de terreno em terreno. Como no caso de um jogador de basquete que, isolado, ninguém à esquerda, ninguém à direita, ora com um lance a distância, ora com um salto em altura debaixo da tabela, tenta encestar a bola, uma imagem relativamente comum, mais ou menos como o jogador de futebol que sozinho no campo, junto à marca do pênalti, sempre volta a lançar, empurrar, erguer, jogar o couro (como se de fato a bola fosse de couro) no gol vazio. Chama mais atenção o caso daquele que segurando a raquete de tênis, sem bola, tampouco com alguma rede à vista, permanecia em pé; será que aquilo era realmente uma quadra de tênis, e se era talvez estivesse desativada e há muito tempo já havia se transformado num *terrain vague*? Como, com ímpeto ele estendia a raquete, lançando bolas invisíveis em todas as direções em vez de uma só. Para não falar do jogador de petanca, sozinho no areal, que lançava ininterruptamente suas seis bolas de um lado para o outro, jogando e rolando-as pelas pistas vazias, sempre fazendo uma ou até as cinco bolas colidirem e se afastarem umas das outras, em um permanente estalar em meio ao silêncio à beira da floresta, ainda que audível à distância, transmitido através de muitas ruas, praças, plataformas de trens, até mesmo ao outro lado da estrada de rodagem — ou será que o que se ouvia ali era uma espécie de "imagem do eco"? — O que todos os personagens solitários tinham em comum era algo que lembrava as marionetes. Todos pareciam ter as pernas rijas ou se mover como se fossem puxados por cordas, com os ombros erguidos, os braços balançando, de expressão vazia, sem piscar ou erguer os olhos nem aguçar os ouvidos.

Àquela altura, de fato já me encontrava em outro lugar, muito longe dali e muito longe da minha região. Ou ao menos era assim que me parecia. E, ao mesmo tempo, muito pouco havia se passado desde que eu deixara a casa e a estrada para trás. "Informe os números!" — "Digamos, talvez vinte minutos" ou algo assim: *In no time* já me encontrava além dos limites dos territórios e das fronteiras que com o tempo tinham se tornado meus, numa região que embora não fosse proibida, mesmo agora à primeira vista, não me parecia exatamente familiar, uma espécie de exterior, um território estranho que ao mesmo tempo — "outra vez você repete 'ao mesmo tempo'" —, ao mesmo tempo era apenas o vale seguinte, separado do meu vale apenas por uma faixa estreita de planalto e que, como o meu, também era parte da Île-de-France, sob o mesmo céu altíssimo da Île-de-France, com os mesmos ventos, principalmente o que soprava do oeste, com o mesmo tipo de solo, com os mesmos tipos de árvore, com uma natureza que tinha as mesmas cores, com construções da mesma forma e não forma, Île-de-France, uma terra em si mesma, uma ilha cercada de terra com Paris (que deveria ser evitada naquele dia) no centro e em cujas bordas eu já tinha caminhado tantas vezes e com as quais já estava tão familiarizado. "Mas agora uma nova zona? Uma região ameaçadora? E se não, talvez uma zona momentaneamente proibida?" — "Pior ainda era o termo que surgiu, por um momento, e que voltava sempre por novos momentos: zona de morte." — "Como, isso? Alguém que sai para se vingar se sente em meio a uma zona de morte?" — "Sim, numa zona de morte, ele mesmo, sozinho. Era assim. E assim é."

Durante toda a vida, a caminho por terras proibidas. E agora: no vale da morte. Sem lei. Fora da lei. E como eu estava de acordo com isso! — Tão de acordo como nunca estivera antes. Pois desde sempre senti que aquilo que estava fazendo era algo secretamente proibido, não externamente — dentro de mim, mais profundamente impossível. Desde o princípio, tudo o que eu fazia era ilegal e eu era ilegal por natureza. E agora, ao ultrapassar deliberadamente, expressa e intencionalmente a fronteira da ilegalidade, aquilo se tornava um crime, algo que se revelava aos olhos do mundo, ou seja lá quais olhos fossem, algo que afinal, se tornava visível e conspícuo. Havia certos tipos de crime que me atraíam desde a infância, sim, que me entusiasmavam, e esse agora se tornaria um deles, também representaria algo assim. Triunfo! — "Talvez você também se sentisse atraído pelo crime que você estava prestes a vingar e que talvez só fosse um crime aos seus olhos, aos olhos de um filho?" — "Não responderei. Ou talvez mais tarde. Em outro lugar. Em outro país." — Seja como for: enfim teria a oportunidade de viver minha ilegalidade inata ou natural! Colocá-la à prova. Transformá-la em ato. Exercê-la! Executá-la!

A travessia de uma fronteira como essa ocorreu quando, ao contrário do que era meu costume, subitamente me senti apressado por deixar minha região. Em vez de, como nas incontáveis vezes anteriores, descer a pé do planalto até o vale do Bièvre e então seguir pela margem, rio acima, tomei o bonde — a linha fora inaugurada havia apenas uma semana — na estação vizinha de Viroflay, três andares abaixo da superfície. E para descer até ali, não fui a pé, mas me deixei levar em direção às profundezas por uma das escadas rolantes novas em folha.

Lá embaixo ficavam os trilhos e a estação, um único trilho para as duas direções e, em ambas as direções, os trilhos conduziam a um túnel. Ao erguer a cabeça, avistava-se por entre as escadarias, essas e aquelas, os poços dos elevadores e, lá no alto, o último andar com o teto, lá em cima, mais ou menos no nível da rua, como debaixo de uma cúpula clara e ao mesmo tempo suavemente iluminada. Aquele espaço como um todo — e não apenas a rede de escadas rolantes e de elevadores —, que fazia parte da grande Versalhes, parecia novo, visto das profundezas da terra, novo também no sentido de algo que nunca havia existido antes, em nenhum lugar, nem no que dizia respeito à forma, nem no que dizia respeito à aparência, e que muito menos parecia ser o lugar de ingresso para uma viagem de bonde. (Assim eu pensava, não só da primeira vez que usei aquele bonde.) É verdade que, primeiro, o que se impôs foi a comparação com uma catedral, uma catedral nas profundezas da Terra que também tivesse catacumbas. Mas estas sequências de espaços que se estendiam de baixo para cima e tal como (não, nada de "tal como") se multiplicavam, tal como nada, verdadeiramente incomparáveis: à sua maneira, com suavidade, destroçavam qualquer tipo de comparação.

Uma estação de bondes como essa nunca havia sido construída em lugar algum e, se houvesse — em Seul, Ulan Bator, ou seja lá onde —: "Não!" (Assim decidi). As paredes da estação, de um modo geral, não haviam sido revestidas nem com azulejos de cerâmica, como normalmente acontece nas estações de metrô, nem com placas de mármore (e se haviam, eu não as via). É verdade que a terra no subsolo tinha sido contida e também havia sido feita uma impermeabilização, mas, de resto, a aparência de uma escavação recente fora mantida; os trabalhos de escavação se estenderam por anos a fio. E as paredes sequer tinham sido perfeitamente impermeabilizadas: aqui e ali escorriam pequenos fios de água, brotando das camadas de areia, pedra, cascalhos e cimento, e algo como musgos, ramas de grama, ramos (sem tronco ou galho) e até, digamos assim, algas cresciam sobre as paredes daquela estação que era como uma gruta nas profundezas da terra, com cores brilhantes, como plantas num aquário que também ondeavam assim, a cada vez que algum dos bondes chegava ou partia. Essas paredes de terra-areia-pedregulhos-cascalhos-rochas eram porosas e ao mesmo tempo robustas, mais resistentes, ou resistiam ao tempo de maneira diferente do que as de concreto, "resistiam como que por brincadeira" nas profundezas do subsolo do vale do afluente que descia em direção ao Sena, prometendo uma durabilidade um tanto rara entre as construções novas, principalmente por causa do material de construção ali empregado que mais chamava atenção entre todos os demais, o mesmo que tinha sido usado nas casas daquela região e da Île-de-France como um todo, habitadas já havia mais de um século e que continuavam a ser habitadas por gerações, tanto locais quanto estrangeiras: o arenito, o vermelho-cinzento-amarelado, o cinzento-amarelado-vermelho, etc., que à primeira vista parece quebradiço (logo vai despencar da fachada e, com ele, a própria fachada) mas que, ao contrário, tem uma dureza quase equivalente à do sílex, cujos cantos que parecem prestes a se esfarelar são na verdade arestas indestrutíveis, afiadas como facas. E, além disso, forma no subsolo um jogo de relevos e cores por causa da iluminação elétrica, mais bonito do que aquele, lá em cima, criado nas fachadas das casas pela luz do dia, até mesmo pela luz do sol, exceto quando este está no horizonte, ao amanhecer e ao entardecer: justamente o incomparável jogo de cores do arenito, amarelo-cinzento-vermelho, vermelho-amarelo--cinzento, e assim por diante.

"Não admirar nada!", este também se tornou com o passar dos anos um dos meus "lemas prediletos", quase uma confissão de fé que se aplica não apenas às conquistas tecnológicas. (Apreciar ou "comover-se, deixar-se emocionar" era outra coisa.) A *techne* desta estação de bonde e a tecnologia que dela irradiava eram algo que eu não tinha como deixar de admirar, como numa variação de uma frase que eu ouvira num filme antigo na adolescência, dirigida por uma jovem a um rapaz — será que não eram Ofélia e Hamlet? —: "Não tenho como deixar de amar você."

Com um sonoro zumbido, um ruído tão diferente daquele dos trens e dos ônibus, também daquele do metrô de Paris, o bonde subterrâneo emergia do túnel. Tendo embarcado, eu me vi, ao contrário do que esperava, em companhia no vagão e, também ao contrário do que às vezes acontecia no trem de subúrbio, quando, principalmente em viagens perto da meia-noite, ao entrar num dos espaçosos compartimentos, encontrando-o vazio, literalmente respiro aliviado com uma exclamação muda: "Ninguém! Que ótimo!", naquela manhã me senti aliviado com a perspectiva de começar aquela viagem que partia da minha região em companhia de outras pessoas. Agora, nada de ser um solitário.

Os dois vagões do bonde estavam quase cheios, o que também se devia ao fato de que tanto aquele trecho quanto a linha como um todo apenas recentemente tinham sido postos em funcionamento. A maior parte dos passageiros eram curiosos ou gente que viajava só por diversão. Não havia ali ninguém que estivesse a caminho do trabalho ou que, como eu, viajava com algum propósito específico.

O percurso através do túnel era de extensão incomum e isso não apenas para um bonde, de modo que, como costumo fazer sempre que um trem se detém numa estação por um tempo maior do que o previsto, sendo aqui o contrário, perguntava-me se estava tudo certo. Os demais passageiros, porém, faziam como se nada estivesse acontecendo e, então, eu também fiz o mesmo.

Era possível sentir e também ouvir, por causa do chiado intermitente das rodas sobre o trilho único, que o túnel descrevia um aclive íngreme, bem como suavemente recurvo, enquanto um zumbido grave continuava como som de base. E então, subitamente, saía afinal do túnel para a luz do dia, ao mesmo tempo que o zumbido se transformava num chiado, muito mais suave do que aquele e igualmente harmônico, um realejo musical, bem mais acolhedor. O trem subterrâneo finalmente tinha se transformado em bonde? Ainda não, ainda não: as ruas, duas delas, estavam ali. Mas em vez de passarem perto dos trilhos e junto a eles, estavam ao longe, no alto de barrancos, bordejando as florestas à esquerda e à direita, enquanto o bonde seguia abaixo, em meio a uma baixada larga, percorrendo pastagens cobertas por um capim que chegava à altura dos quadris e por arbustos da altura de uma pessoa. Antes da construção da linha do bonde, ali vicejava uma verdadeira e desregrada selva, numa vala bastante sombria que, mais ou menos onde hoje se localizavam os trilhos, era percorrida por um fio-d'água que secava em épocas de pouca chuva.

Antigamente eu sempre voltava a percorrer essa baixada selvagem com prazer e também com gosto por aventura, para não falar das tramazeiras, das cerejeiras-bravas e das groselhas que, todas elas, eram fonte de prazeres especiais para o paladar. Certa vez, em meio à penumbra profunda, num ponto onde o fio-d'água virava e formava um casual laguinho, uma cobra veio em minha direção, uma cobra--negra, muito longa e delgada, mas que em vez de rastejar ou de serpentear, vinha ereta, com a metade dianteira do corpo erguida, deslizando por aquele lugar onde não havia qualquer caminho com uma rapidez fantástica, e então, ainda ereta quando a avistei pela última vez, descreveu elegantemente uma curva e desapareceu sob as folhas do pântano que eram do tamanho de telhas. Enquanto fazia aquilo, não agitava a língua, tampouco havia uma coroa em sua cabeça negra e reluzente de serpente, ou talvez sim: na imaginação de que aquele animal, descrevendo seus percursos recurvos pela selva que lhe cabia, apresentava-se como a majestade local. Frequentemente depois disso, voltei a buscar o lugar dessa apresentação, sempre esperando avistá-la de novo: todas as vezes em vão. Em compensação, ganhei uma certeza (não exatamente científica): uma cobra jamais voltará a ser vista no mesmo lugar onde fora vista uma vez.

Que a selva na baixada tenha sido aplainada, retificada e de fato desaparecido, era algo que, desde o início das obras, incomodava-me muito. Nesse meio-tempo, porém, aquilo tudo me agradava, assim como a estação nas profundezas da terra: os gramados ainda sem árvores, subindo e descendo pelas montanhas, o canal de drenagem com as espigas dos juncos e com as íris mais ou menos selvagens às suas margens, o artificial caminho para pedestres que levava de uma encosta a outra, como um terraço coberto de cascalho, subindo pela antiga vala, lá, onde o caminho do bonde ainda era subterrâneo. Se havia algo ali que me dava pena, brevemente como uma pontada, era a cobra delgada, negra e ereta que, na penumbra, havia perdido sua majestade e talvez, sem picada, as groselhas selvagens. A paisagem tinha sido tão alterada: também aquilo era bonito, bonito de outra forma.

Agora, ao atravessarmos a baixada, avistavam-se lá fora, mal escondidas em meio aos arbustos e à vegetação de savana, três corças pastando tranquilamente, que aos meus olhos pareciam constituir uma família, não uma família que residia ali havia tempo, mas que tinha vindo por vontade própria, sabe-se lá de qual outro remanescente de selva, para junto da baixada na qual corria o bonde, em busca de maior segurança. E era como se esquecendo de tudo por um momento, eu estivesse ali, mais uma vez a caminho de algum jantar, um novo jantar ou um novo tipo de jantar, não só eu, como todos os demais passageiros daquele bonde.

Quando eu era menino, costumava dirigir uma espécie de olhar científico a todos os trilhos de bonde e, vendo as folhas secas e especialmente os grãos de areia nos trilhos, lá embaixo junto aos pés, estranhamente ou talvez não, enxergava num horizonte distante, para além de alguma praia, uma liberdade e um futuro indeterminados. E agora imaginava ouvir, no trilho do bonde sob o vagão, o rangido de uma tal areia — ainda que ao desembarcar na estação final, depois de mais de uma hora de viagem, e me curvar por sobre a plataforma, não tenha avistado ali embaixo nada além do brilho virginal e imaculado dos trilhos, sem haver sinal algum daqueles grãos de areia ou sequer de uma pluma de passarinho.

Só à altura do planalto, entre os blocos residenciais e cada vez mais blocos de escritórios, é que o bonde, depois do trajeto no túnel e, em seguida, do trajeto de extensão quase igual através da savana desabitada, se tornou de fato um bonde normal. O que implicava também nos anúncios que ressoavam pelos vagões. Uma voz de mulher, de uma gravação ou seja lá do quê, anunciava os nomes das estações, ela os salmodiava com um timbre de voz que nada tinha de artificial, tão empático, tão verdadeiramente cordial, que eu sentia como se estivesse dirigindo-se pessoalmente a mim. — "A mulher ou a estação?" — "Ambas." E então, subitamente, reconheci aquela voz. A mulher à qual pertencia aquela voz fora uma vez, há muito tempo, uma das muitas inimigas do sexo feminino que tive ao longo da vida. (Não desde o início.) Àquela época, era uma atriz que, quando se apresentava, fazia apenas papéis secundários. (Existia algo assim? E, de um jeito ou de outro, parecia satisfeita com isso, achava suas pequenas apresentações animadoras e às vezes contava delas com um orgulho convincente.)

E então, de um dia para o outro, eu me vi odiado por ela. Mas não se deu por satisfeita com isso. Em vez de me afastar de si e de me odiar de longe — ela sabia como eu era e sabia que dessa maneira eu também perceberia seu ódio — aproximou-se ainda mais de mim, não saía mais de perto e, por fim, começou a me perseguir. Isso logo se transformou em ligações telefônicas depois da meia-noite e em outras coisas do gênero. De manhã, quando abria o portão do jardim, sempre tinha de estar preparado para vê-la ali, parada, não junto à campainha (que já não funcionava mais havia tempos), mas a alguns passos de distância, sob a penumbra da alameda de pinheiros, uma perna colocada à frente da outra, como se já tivesse me avistado antes, com seus olhos circundados por olheiras espessas e negras, pronta para sair em disparada (só que da única vez que de fato saiu correndo em minha direção, caiu com seus sapatos de "salto agulha" — um termo inadequado — sobre a areia e os cascalhos diante do portão. Ou será que era uma anterior ou posterior na lista das mulheres que se tornaram minhas inimigas, minhas inimigas mortais: aquela que em nosso primeiro encontro, ao ler a palma da minha mão, previu um futuro róseo junto a ela? Ou talvez aquela que ainda antes que tivéssemos sido apresentados um ao outro, ao avistar-me de longe, conforme me contaria mais tarde, numa sala mal iluminada e apinhada de gente, sentiu uma agitação nada agradável, quase sinistra? Ou aquela outra junto à qual me coloquei afinal, depois de uma longa noitada, e que então disse: "Até que enfim!"?)

A cada vez que despontava nessas mulheres o ódio por mim, ele me atingia de maneira inesperada e a cada vez eu considerava aquele ódio uma lei da natureza, uma lei que me era inexplicável, indecifrável, e que além disso nunca pretendera decifrar. No máximo, no começo, eu jogava com explicações, por exemplo, com a frase de um conto de Anton Tchekhov: "Ela me odiava porque eu era um pintor de paisagens" ou ao ludibriar-me, imaginando que de alguma maneira eu prometia, sabe Deus como e certamente não por meio da minha aparência, "algo que não era capaz de cumprir e algo que ninguém é capaz de cumprir". No entanto, depois dessas, não se seguiram novas interpretações ou explicações. Até mesmo brincar com coisas desse tipo era algo que havia perdido a graça. Essas mulheres, sim, incomuns, criaturas muito peculiares — e como "criaturas" continuei a vê-las, com seus contornos até mais nítidos do que antes —, tinham jurado seu ódio a mim, sem juramento e, por isso mesmo, de modo ainda mais ardente me odiavam e perseguiam, e o ódio e a perseguição não cessariam nunca até que a morte nos separasse, e eu não só compreendia aquilo tudo: eu também lhes dava razão.

Mas no mundo real, dia após dia, noite após noite, mês após mês, aquilo já não era mais vida. A mulher, seja lá qual fosse, fazia tudo o que estava a seu alcance para me atrapalhar. Para me atrapalhar no quê? Em tudo o que eu fazia e em tudo o que eu deixava estar, tanto no que eu fazia durante o dia quanto naquilo que eu deixava de fazer à noite, ao entardecer e ao amanhecer. Antigamente havia uma palavra corrente para referir-se a Satã: "o impedidor". Mulheres assim sempre voltavam a se revelar como "impedidoras". Destruir? Engolir? Impedir, impedir e novamente impedir: era isso. E se nessa narrativa deixo de fora os atos de violência que imaginei cometer contra cada uma dessas mulheres, eu o faço porque em nenhuma outra situação o meu ímpeto assassino esteve tão perto, só por alguns segundos, mas como! de consumar-se: "É agora! Agora eu faço!"

Tampouco tenho qualquer tipo de explicação para o fato de que a cada vez que me via acuado assim, por essa ou por aquela mulher cheia de ódio, o invisível e o inaudível desapareciam de maneira tão súbita quanto tinham começado, ainda que não "de um só golpe". Uma manhã, por exemplo, quando antes de abrir o portão do jardim, espiei pelo buraco da fechadura, como vinha fazendo diariamente havia meses em busca do exército de uma mulher só, assim me preparando para avistar a imagem em sua totalidade, aquilo se acabou. Ar puro. Terminado, para sempre. E não havia para aquilo nenhum tipo de explicação, nem mesmo de brincadeira, nem mesmo aquele meu recorrente e involuntário: "Assim foi pensado." É assim que é para ser. Aquilo estava agora "fora de questão".

Ao mesmo tempo, era como se a mulher inimiga desaparecesse do mundo. Nunca voltei a ver qualquer uma dessas inimigas, nem mesmo aquelas que não moravam longe de mim e que, até onde eu sabia, continuaram a viver e morar ali, e uma delas, ainda nas vizinhanças. Enigmas sobre enigmas. Já se passou bastante tempo desde que uma mulher de quem eu me aproximara tinha se tornado inimiga de um dia para o outro. E por vezes me surpreendi, em meio ao tumulto do metrô, nos supermercados daqui ou talvez ao entrar numa sala de espera, olhando, procurando por alguma daquelas demônias de antigamente, preparando-me para vê-la ali sentada, sentada na sala de espera com um antigo número da *Paris Match* aberto diante dela, fitando-me "de baixo para cima", como os malvados na poesia de Homero.

Durante o trajeto do bonde pelo planalto da Île-de-France voltei a ouvir, pela primeira vez depois de décadas, a voz de uma daquelas mulheres, como ela sussurrava no início de nossa amizade, de uma maneira que combinava com os sussurros do bonde, abafados sabe-se lá por qual tecnologia inovadora. Continue a sussurrar, sussurradora, continue. Continue soando, sutil lira, continue.

2

A segunda espada

Quanto às irrupções daquela mulher na página do jornal que, para além da minha pessoa, atingiam minha mãe, a coisa era diferente. Nunca a tinha encontrado antes e assim também continuou a ser depois daquilo que eu chamava de "o crime". Hoje, em compensação: sim, face a face! Ainda que junto àquilo que ela escrevera na época, publicou-se uma fotografia, eu não dispunha de nenhuma imagem dela. Talvez também por pensar que ela fosse uma das milhares de mulheres que agem publicamente — e cada um pode livremente imaginar os detalhes a esse respeito. Já desde antes da leitura, eu não imaginava nenhum rosto à minha frente e isso tampouco mudou depois da leitura (tratava-se, antes, de um mero passar de olhos por meio do qual imediatamente a página inteira me agrediu). Um reconhecimento, indefinido e indefinível, acontecia apenas quando eu tirava os óculos, o que embaçava os traços do retrato da autora do artigo.

Ainda hoje ela não teria adquirido um rosto, nem mesmo depois do momento em que eu, tendo-a diante dos olhos, embora a uma distância bem medida, contada por mim em passos de números ímpares, nove, sete, cinco, três... — e já!

Por outro lado, havia tempo que eu tinha seu endereço. Anos depois de cometer aquele ato, eu havia recebido uma carta dela. É quase impossível dizer qual era o assunto da carta e menos ainda dizer algo sobre seu conteúdo — se é que havia ali algum conteúdo. Seja como for, não havia qualquer palavra a respeito da agressão contra mim — que, aliás, pouco tinha me interessado e muito menos atingido; e sobretudo nenhuma palavra a respeito da ofensa que de maneira tão secundária, como que de passagem, tinha sido cometida contra a memória da minha santa mãe (sim, repito aqui pela segunda vez esse termo que nunca será suficientemente repetido). Agora, durante a viagem de bonde, ao tentar me lembrar daquela carta que talvez estivesse mesmo sendo esperada por mim, muito embora eu estivesse à espera de uma carta totalmente diferente, pareceu-me ("ocorreu-me") que aquela carta, através de desvios corteses, fosse um convite para um debate amistoso e público, a distância e por escrito, e que de maneira "privada" (ou teria sido outra a palavra escrita ali?), ela também "simpatizava" (exatamente essa palavra) comigo.

A única coisa que havia de inesperado na carta daquela mulher era o fato de que não fora escrita no computador nem impressa de qualquer outra forma, mas escrita à mão, em letra cursiva, como num manuscrito. E era justamente por se tratar de um manuscrito que não havia nada escrito naquela carta, tanto à época em que a recebi quanto hoje: pois a maior parte das palavras, principalmente aquelas próximas ao final das frases, permanecia ilegível. Não era só por esse motivo, é claro (ou talvez não seja), que era impossível para mim lhe escrever uma resposta. Mas em parte, sim, era por isso. Algo que não tem nenhuma importância: seria possível distinguir "letras masculinas de letras femininas"? Poucas vezes na vida eu me vi diante de semelhante confusão de letras: uma, diminuta e indecifrável, depois de outra, gigantesca, igualmente indecifrável, que mancava na direção oposta e logo o contrário. Não havia nada que fosse comparável, nem as letras das mais irrequietas crianças, nem as dos mais trêmulos dos velhos, nem mesmo as dos moribundos — com uma única exceção, talvez: as tentativas de escrita de alguém cego de nascença —, mas não: nenhuma comparação. E agora eu estava a caminho dela ou num dos muitos caminhos possíveis que levavam a ela, de seu nome e endereço impressos em letras "gordas" ou "magras" no verso daquele envelope que amarelava dentro do bolso do meu paletó e por meio do qual era possível concluir que vivia na mesma Île-de-France que eu, só que em outra direção, no trecho denominado "La Grande Couronne", "A Grande

Coroa". Ao deixar minha casa e, ainda mais, ao me dirigir à estação do bonde, eu me sentia como se estivesse sendo observado — observado por ela, a malfeitora —; entretanto agora, enquanto me dirigia a seu domicílio, tendo o que eu tinha em mente, já não me sentia mais assim.

Isso também se devia ao fato de eu ter me tornado apenas mais um dentre os muitos passageiros do bonde e, de parada em parada, sabia que fazia parte daquele grupo, sabia que era um deles, um de nós, em nossa viagem comum através do planalto, ziguezagueando, descrevendo arcos, em linha reta, sentindo-me em casa. Ao mesmo tempo, imaginava Tolstói diante de mim, não mais o Tolstói de pernas fracas que partia para o último passeio, com olhos que já tinham se despedido desse mundo, mas aquele que caminhava com um elmo sobre a cabeça, o forte, o invencível, e mesmo sem esperar que isso pudesse se realizar, e era bom que fosse assim!, desejava também um elmo como o de Tolstói.

Durante aquela hora que parecia se prolongar mais e mais, tampouco necessitava do elmo de Tolstói. Mas o que significava aquela mulher que viajava à minha frente no vagão ter se levantado subitamente, indo acomodar-se longe de mim? — Sim: enfurecera-se comigo, não por ter olhado para ela, mas, pelo contrário, por durante todo o tempo de viagem até ali eu tê-la ignorado. Só reparei nela quando se afastou, impetuosamente, e como reparei depois, continuou a se erguer e a mudar de lugar: eu não era o único passageiro que permanecia cego a ela.

Mas, por outro lado, sabia que, em meio a todos os demais passageiros daquela viagem de bonde através do planalto que mudavam de estação em estação ou que permaneciam sentados em seus lugares, como eu, encontrava-me em boa companhia. De resto, era curioso, ou talvez também não, que durante todo o percurso, da estação inicial até a estação final, eu tivesse diante de mim, quase o tempo todo, os mesmos rostos. Ou será que aquilo era só uma impressão? (Basta de perguntas ou, pelo menos, de perguntas como essa.) E todos pareciam ocupados em seus silêncios e não eram poucos entre nós os que fingiam estar ocupados ou que não sabiam o que estavam fazendo. Aquele que não ergueu uma única vez os olhos, que permaneceu mergulhado no livro sobre os joelhos, segurando-o, porém, de ponta-cabeça, e movendo os lábios só para parecer que estava lendo. Aquele que sussurrava de maneira inaudível ao telefone celular e que parecia não saber que o aparelho, enfaixado de cima a baixo com fita adesiva, não estava funcionando, parecendo quebrado havia tempos inimagináveis. Muito bem. Deixemos estar.

A maior parte dos passageiros em nosso vagão moviam os lábios, mudos, cada qual à sua maneira, cada qual com uma intenção diferente. O africano de lábios grossos interrompia seus movimentos erguendo a cada tanto os olhos para a janela, voltando então a aproximar o lábio superior do inferior, sem que, porém, eles se tocassem, ou então o fazia com insuperável delicadeza, como se, desde sempre, não tivesse nenhuma pergunta a fazer e como se, desde sempre, tampouco esperasse qualquer tipo de resposta, aliás, sequer tendo a consciência do que significavam palavras como "resposta" e "responder": ele estava rezando.

O homem que ia atrás ou na frente dele não parava de gesticular com os braços, para a frente e para trás, o que o fazia parecer um remador, enfatizando assim os movimentos que descrevia com os lábios e a intervalos de ritmo igualmente acelerado, ele ria, gargalhava, mudo, com toda a força, mas sem emitir um único som, completamente mudo, até que fosse, outra vez, a hora e o momento de golpear com os braços, puxá-los, abrir a boca, franzir os lábios, retorcer e virá-los para cima, pressionar um contra o outro e ao mesmo tempo balançar a cabeça, assentir, e de novo, agora com mais ímpeto, sacudir a cabeça alternadamente: assim, estava amaldiçoando alguém; amaldiçoando uma mulher, seu amor, seu grande amor.

E o passageiro que seguia ao lado dele, assim como o outro, que seguia ao lado deste, abriam e fechavam a boca de modo quase idêntico, em silêncio, num movimento em coro de lábios mudos, escancarando a boca e logo voltando a cerrá-la: era assim que insultavam seus chefes e superiores pelos quais, ainda agora ou desde sempre, tinham sido humilhados e ofendidos, chamados de inúteis, bichas, mortos-vivos, incapazes (e isso em tempos como os de hoje), fracassos inatos, arruinados já desde o útero materno — aquele ali demitido, sem aviso prévio, havia apenas uma hora — todos eles insultavam, com movimentos mudos dos lábios, cruzando o vagão da frente até os fundos e, imagina-se, cruzando também o vagão seguinte, aqueles que os privavam do sustento, não só em silêncio, como sem palavras e sem sílabas, e aquilo haveria de permanecer assim, eternamente. Nenhuma palavra útil, nenhuma palavrinha ou palavrinha de esperança emergia ou escapava daqueles lábios que se retorciam convulsivamente em completo abandono — embora permanecessem calados, perceptíveis apenas para cada um daqueles pobres soldados — "Como é que você sabe?" — "Eu sei. Eu sabia, ali."

E todavia um deles gritou, berrou subitamente em direção ao céu do bonde — logo em seguida olhando à sua volta: "Espero que ninguém tenha me ouvido." A novidade era que não só os homens balançavam incessantemente uma perna, mas também as mulheres. Não eram poucos, tanto homens quanto mulheres, os que colidiam, ao mesmo tempo, uns com os outros. (Não, nada de "ao mesmo tempo".) E todos eles, inclusive eu, estavam com aquilo que chamamos de "caminho de rato" na cabeça.

Não eram poucas as crianças no bonde. Já havia muito tempo que as minhas tinham, como se diz, "saído de casa", e que já não eram mais crianças, mas ainda assim, durante aquela viagem, eu sentia como se aquele chamado estivesse se dirigindo a mim, me chamando, como se estivesse, por assim dizer, amplificado, que eu era o pai que aquela criança desconhecida chamava com tanta urgência; e isso me dilacerava todas as vezes.

Uma das crianças do bonde apenas me fitava, a distância. Procurava meu olhar, de uma maneira que ia além da curiosidade ou da atração, voltando então rapidamente a desviar, antes de recomeçar o jogo de olhares. E novamente, para além da criança e de mim, aquilo era algo que parecia ter alguma importância e eu me sentia na obrigação de jogar também. Era uma brincadeira com crianças desconhecidas, algo que na minha maturidade me proporcionava um prazer todo especial pois se tratava de algo decisivo, ainda que também "decididamente indeterminado". E eu era sempre o vencedor desse jogo. Mas, daquela vez, perdi. Por algum motivo, o olhar da criança se tornou sombrio e cheio de desprezo, como só o olhar de crianças ainda muito pequenas que ainda não falam, e quando daquele obscurecimento e desprezo súbitos afastou-se de mim e, de um instante para o outro, definitivamente, já não queria ter mais nada comigo: eu poderia sorrir para a criança o quanto quisesse — qualquer tipo de reconciliação estava totalmente fora de questão. Sim: durante toda a viagem, aquela criança já suspeitara de mim e aquele olhar apenas confirmava suas suspeitas, eu tinha sido desmascarado por uma criança de um ano de idade!

Mas, ah!, havia mais uma criança ali, maior, com um caderno à sua frente, e que me desenhava, secretamente, escondendo a página com a mão, desenhava! a mim! Nunca nenhuma criança havia me desenhado! E dos pequenos traços que fazia depois de erguer repetidas vezes o olhar em minha direção, via-se que aquilo era algo a que se dedicava com grande seriedade. A criança evidentemente estava descobrindo algo em mim que lhe servia de modelo, logo descobriria alguma coisa.

E em seguida, mais uma criança, uma menina, já quase uma adolescente que, no entanto, continuava a ser uma criança. Ela, essa criança, essa criança pequena, estava absorta na observação de outra criança que se encontrava num assento à sua frente, uma criança pequena que só ontem ou hoje pela manhã tinha aprendido a andar, deu só dois passos e que agora, junto às coxas do pai, afastava, de maneira como que involuntária, a ajuda dele, tentava continuar pelo caminho que havia iniciado, tentava dar um terceiro passo e, por fim, depois de se deter, balançando, vacilando, um quarto passo em direção ao objetivo, aos braços abertos do homem. Alegria por parte da criança, aplausos por parte do adultos, e não só desse, uma cena que não é tão rara, embora seja mais rara num bonde em movimento.

Quanto a mim, do início até o fim do trajeto, eu só tinha olhos para a menina que estava *vis-à-vis* comigo. Ela não pertencia a ninguém no vagão, não pertencia a nenhum dos pares adulto-criança pequena. Viajava sozinha. Pela primeira vez, percorria aquele novo trajeto de bonde, atravessando o planalto da Île-de-France. Essa não era a sua região e essa não era sua terra. Ela era uma estrangeira. Mas mesmo na terra da qual ela acabara de partir ontem, não, só hoje pela manhã, ela vivia como estrangeira, estrangeira já desde a primeira infância, uma estranha na própria família, e não havia ninguém que fosse culpado por isso: nem a mãe, nem o pai, nem a terra, nem o Estado, sim, nem mesmo o Estado ou a forma do Estado. Havia, no entanto, uma diferença. Se lá a menina tinha sido a própria "estranha" e nada além de "a estranha", aqui ela parecia alguém amigavelmente estranho.

Nunca tinha visto uma estranheza mais delicada, nem mesmo entre alguns daqueles desconhecidos que velhos, ou ainda não velhos, já haviam perdido todas as esperanças, tampouco entre este ou aquele dos meus supostamente conhecidos, quando estavam à beira da morte. Mas aquela menina, a estranha delicada, estava radiante — não se tratava de um raio de esperança, nem de uma entrega ao destino e, muito menos, de "alegro-me com a morte" —, ela irradiava alegria diante da outra criança, um irradiar que não vinha dos olhos nem do rosto, mas do corpo inteiro, seu "corpo" irradiava, dos ombros, da barriga, das mãos no colo. Lembrei-me que minha mãe havia me contado de suas brincadeiras de mamãe-e-filhinho e especialmente da idiota da aldeia que mal conseguia falar e que sempre que eram determinados os papéis — e essa era a única brincadeira da qual participava — gritava, à sombra da cerejeira da aldeia: "Êssôãmãe!" (= *Eu* sou a mãe!)

Ainda assim: a maneira como aquela estranha menina radiava, ali, sem se dirigir diretamente à outra criança, mas antes simplesmente irradiando algo de si, em silêncio, nada tinha de idiota. Ou talvez sim. Idiotas assim vivem!

Estação final. Nome do local: não importa. Em algum lugar da Île-de-France. Paris lá embaixo, nas profundezas do vale do Sena. Continuar descendo até lá, de metrô ou de ônibus. Em todas as milhares de outras direções, só havia ônibus. Prezados companheiros de viagem: praticamente desapareceram da minha vista num instante. Sentia um desejo mais ou menos secreto de seguir este ou aquele, esta ou aquela, sem outro propósito que não o de ter uma noção aproximada a respeito do lugar ao qual se dirigiam, seguindo viagem ou caminhando para suas casas, ou talvez não. Com o passar dos anos, tinha para mim se tornado um esporte seguir esse ou aquele desconhecido, e o fazia, mais do que por simples curiosidade, levado por uma espécie de intuição e, além disso — o que era o fator decisivo nesse caso! —, por um sentimento de dever: de linha de metrô em linha de metrô, dos ônibus metropolitanos para os ônibus suburbanos, e desses para os ônibus regionais; as horas que passei fazendo isso sempre eram horas inteiras que podiam ocupar quase metade dos dias, sem ações ou confrontos, e assim permaneciam na minha memória, sempre prontas a serem de novo narradas em meu íntimo, algo que nada tinha a ver com um simples passatempo.

Muitos eram os que impeliam a me colocar em seu encalço e cada um deles pôs-se a caminho, dirigindo-se a um ponto diferente no planalto. Deixei estar e dessa vez me vi livre do habitual sentimento diário de culpa causado pelo "descumprimento das obrigações". Até esse ponto eu continuava, entusiasmado com a viagem.

E a outra obrigação, aquela que me levou a deixar minha casa, aquela urgente que clamava aos céus, mais forte do que nunca? Mas agora eu não estava seguindo na direção claramente oposta ao lugar no qual tinham sido cometidas as canalhices verbais contra minha mãe, na direção errada, evidentemente me desviando? Pois meu plano era descer na estação final do bonde e baldear para o ônibus da linha tal-e-tal (um número de três dígitos) que parava bem em frente ao meu destino de viagem? (Ao pensar desse modo, ocorreu-me, sabe-se lá por que, um provérbio de um camponês de minha terra natal: é "diretamente belo" à beira do riacho cortar com uma foice a grama ainda molhada de orvalho em uma manhã de maio.)

Tolice: eu não tinha concebido nem estabelecido qualquer plano. Não havia saído de casa com um roteiro definido nem com um mapa local, nada desse tipo. Aquilo simplesmente teria de acontecer: era como estava inscrito em mim e o que impelia a me mover. Por outro lado: sim, está certo, está correto: havia um plano. Há um plano. Mas esse plano não é o meu — não é o meu próprio —, feito por mim mesmo, tampouco é um plano que possa ser realizado por mim em pessoa — por nada desse mundo! E só então, aos poucos, só agora eu sentia esse plano ou tinha dele alguma noção. E eu sabia: me mover primeiro em uma direção errada era parte integral e peça indispensável do plano. "Direção errada": novamente, tolice. Eu, nós, haveríamos de ver.

Segui então a pé por um longo trecho. — "E o que acontecia enquanto isso, meu caro amigo, com o seu propósito de, nesse dia especial, apenas se locomover usando os meios de transporte? Oh, seus propósitos!" — "Sim, oh, meus propósitos, parte de minha perpétua e miserável precipitação. Pois ali estava ele, o plano, revogando todos os meus propósitos."

Por muito tempo não me dei conta de que estava andando e pouco me importava em qual direção. A única coisa que me acompanhava durante a hora seguinte e que martelava constantemente na minha cabeça, como sabedoria proverbial, era um verso, que acreditava ter esquecido, de uma cantiga de minha infância: "O meu chapéu tem três pontas,/ tem três pontas o meu chapéu,/ se não tivesse três pontas,/ não seria o meu chapéu", do qual só fui absolvido por um fragmento dos *Pensamentos*, de Blaise Pascal, a respeito dos "chapéus de quatro pontas" dos juristas.

Andei por diversas ruas, por vários subúrbios (em torno das ruínas de antigas aldeias), principalmente pelas calçadas, uma vez ou outra pelo meio-fio, nas poucas zonas onde não havia calçadas e nas quais as localidades, diferentemente do que se tornara a regra, tinham se aglomerado, mudando de nome sem que houvesse entre elas qualquer tipo de transição ou zona intermediária. Na minha imaginação, ao fazê-lo, eu andava o tempo todo à beira da estrada e, em vez de contornar esquinas e curvas como de fato acontecia, andava em linha reta em meio a um território vazio, habitado apenas em lugares distantes, à beira de uma única estrada que com suas extensas ondas de asfalto levava de indeterminação em indeterminação. E enquanto caminhava assim, não havia nada que pudesse acontecer comigo ou com aquela coisa indeterminada que me era importante, e aquilo que deveria ser feito a um ou outro haveria de se realizar. Além disso, imaginava que com meu caminhar e, sobretudo, com minha maneira de caminhar, eu estivesse dando um exemplo a todos aqueles que se deslocavam de automóvel. Meu caminhar sempre em frente por aquela *highway* imaginária — não digam nada contra minhas fantasias — haveria de contagiar os que iam detrás dos vidros, no interior de automóveis de quatro ou mais lugares (aquele era um dos dias da volta das férias) e se não aqui e agora, então em um belo dia, seriam levados a imitar aquele homem que caminhava lá adiante, solitário, cheio de certezas, não importando se com ou sem um destino em vista. Como suas calças adejam e estalam em torno das pernas. Como sua camisa branca se afofa e farfalha. "Só é uma pena", disse, novamente comigo mesmo, "que meu traje de caminhada não seja o terno de domingo do meu avô ou aquela roupa com a qual, junto com um chapéu-coco, antigamente os marceneiros migraram do norte para o sul do continente."

Quando lançava às vezes um olhar investigativo sobre algum dos automóveis, por certo acreditava perceber que, de lá, o aspecto do caminhante, se é que dava algum exemplo, era antes de mais nada algo assustador; não havia naqueles olhos paralisados nenhum rastro do desejo de algum dia estar também caminhando assim. Quando então voltei os olhos para mim mesmo — "continue apenas caminhando como se nada estivesse acontecendo, só não pare agora de representar este papel!" —, notei que meus pés estavam enfiados em meias de cores totalmente diferentes. "E daí? Isso é parte do jogo. O vingador com meias de cores diferentes." E o aspecto traseiro deste caminhante à beira da Grande Estrada? Tinha efeito, mas um efeito bem diferente do desejado: um carro pequeno, depois de passar por mim, parou no acostamento, ou naquilo que eu imaginava como sendo o acostamento —, e um homem muito velho dirigiu-se a mim pela janela aberta até a metade, em uma voz filantrópica que parecia soar por si própria, oferecendo-me uma carona. E os remorsos posteriores por ter recusado, pensando na terrível decepção nos olhos do motorista; aquela seria a última vez que ele pararia o carro para oferecer carona a um estranho, jamais voltando a fazer nenhum tipo de favor a ninguém nos tempos seguintes.

E também, para mim, já bastava dessas andanças por estradas: "Esta será a última vez!" E o que havia de extraordinário nesse "esta será a última vez", como ficou estabelecido naquele instante: ao andar assim, no meio (mas eu não estava, desde o início, andando "no meio"? — Só não se torne meticuloso em excesso! — Mas isto não é ser meticuloso em excesso!) —, ao andar assim, no meio, fui tomado de repente por uma fome, uma fome selvagem, violenta, a fome fome, sem um objeto palpável, para não dizer comestível, uma fome que se localizava ou que tinha seu lugar de origem, ou seja lá o que fosse, não na barriga nem embaixo dela em meio às entranhas, mas no alto, na pele da testa — vamos tirar o elmo tolstoiano — sob o crânio, a mais devoradora das fomes que não poderia ser acalmada e muito menos saciada, de maneira duradoura, por nada. E passo a passo, caminhando cada vez mais para longe, aquela sensação de fome, tão ardente quanto vaga, embora não tivesse qualquer objeto em vista, ganhou uma direção até alcançar um lugar determinado.

Com o próximo táxi livre — àquela altura eu até teria sido capaz de fretar um helicóptero — fui em direção a Port-Royal-des-Champs, ao convento abandonado e às ruínas, lá, num estreito e pantanoso vale lateral na região sudoeste da Île-de-France, onde Blaise Pascal (assim como, depois dele, Jean Racine) passara seus tempos de escola. Antigamente, a cada ano e sempre em maio, eu costumava visitar esse lugar.

Havia tempo que não estivera mais em Port-Royal-des-Champs. E agora era mês de maio, a primeira semana de maio, e hoje era o dia adequado. No passado, o que me agradava ali era a região e talvez ainda mais o caminho, muito extenso, pelos planaltos e vales ao longo dos córregos, e principalmente, a cada vez, avançar e então recuar, por alguns instantes, uma última vez "e mais uma última vez". Dessa vez, eu tinha fome de Port-Royal-de-Pascal.

O motorista de táxi desocupou o assento ao lado dele e durante o longo trajeto, para a esquerda e para a direita, enquanto falava de si, sua voz subitamente me pareceu conhecida e, como que independentemente de minha vontade, eu o chamei, ao dirigir-me a ele, pelo nome de um cantor que em meus tempos, isto é, em nossos tempos, era muito popular, sobretudo no rádio, menos em virtude de suas canções — ele fora capaz de compor apenas duas ou três, ou talvez uma única — do que às suas versões em francês de canções e baladas de *blues* em língua inglesa. Seus *hits* em francês, *tubes*, deviam-se a um cantor britânico que àquela época era tão jovem quanto ele e que agora, Deus o proteja, *Que Dieu le protège*!, era tão velho quanto nós dois, o motorista de táxi e o passageiro, nosso herói para sempre, mas sem o ingrediente suplementar da morte heroica, Eric Burdon. De canções de sucesso, assim como de poemas, normalmente eu só me lembrava de um verso ou de meio verso (exceto, estranhamente, quando se tratava do hino nacional da Áustria, do qual sabia uma estrofe inteira de cor). Todavia eu sabia (e sei) de cor, do primeiro até o último verso, o texto da balada "When I Was Young", de Eric Burdon, e se estivesse sozinho, até seria capaz de cantar, se não com "a mais negra dentre as vozes de um branco", que é o que se dizia sobre a voz de Eric Burdon, então, conforme eu imaginava, num inglês marcado por gradações eslavas. Mas agora, no limiar de Port-Royal-des-Champs, o "Quando eu era jovem"/ *"Kad Sam Bio Mlad"*/ *"Quand j'étais jeune"* soava em dueto, com o antigo astro do rádio, em três versões simultâneas. O *"I believed in fellow men, when I was young"* nós cantávamos no original, rugíamos em uníssono.

Permanecemos, o motorista de táxi e eu, sentados no terraço da taverna chamada *Au Chant des Oiseaux*, "Ao canto dos pássaros", que a cada vez, depois de um breve período de atividade, voltava, pela enésima vez, a ser inaugurada, "boa sorte!", e o famoso telhado de feno de Port-Royal resplandecia, com seu brilho de bronze, por trás das castanhas verdejantes. Eu o convidara e ele convidara a mim, no mesmo instante, e nós dois éramos os únicos clientes do estabelecimento havia bastante tempo, não só naquela manhã, a julgar pelas bitucas de cigarro no cinzeiro ao nosso lado que já pareciam bem velhas. O motivo para o outro se tornar motorista de táxi nos dias de velhice não era falta de dinheiro. Dinheiro não era seu problema. Ele se aborrecia em casa, como se estivesse em meio a um grande jardim. Já no século XVII, Pascal havia comparado o tédio à morte, à mais vergonhosa das mortes: um "ressecar". E, além disso, o antigo cantor era um motorista entusiasta, alguém que gostava de dirigir: naquela época, ele, o "líder da banda" ou "*leadsinger*", já costumava se pôr ao volante entre um concerto e outro. E agora ele se sentia especialmente impelido a conduzir o Bentley (ou seja lá que marca de carro fosse aquela) por sua região de origem, a Île-de-France, durante o dia e ainda mais à noite. Que prazer o táxi, com ou sem o passageiro — que havia descido em algum lugar antes para fazer a pé, depois da meia-noite, o último trecho do trajeto noturno para casa —, até os primeiros sinais do raiar do dia pelas estradas quase vazias dos distritos de Essonne, Val-de-Marne, Val-d'Oise, sem avistar vivalma e assim seguir de Pontoise até Conflans-Sainte-Honorine, de Meaux até Guermantes, de Bièvres até Bourg-la-Reine. À hora da despedida, abraçamo-nos.

As instalações de Port-Royal estavam abertas. Mas por um bom tempo fui o único visitante ali. Sabia por longa experiência que tampouco haveria muitos; havia pouco ali para se ver e do edifício do convento, da época das freiras e dos alunos Pascal e Racine, mal havia algum rastro em todo o vale do Rhodon. Mas não: ali estavam, praticamente intactos, os seculares degraus de pedra na encosta íngreme entre as instalações do convento, lá embaixo, nos prados ao longo do vale, e as choupanas acima, no planalto. E como sempre fazia, subi contando esses degraus, subi e desci, e o número ao qual cheguei era, como sempre, diferente a cada vez. Será que a fome que ardia em meio à minha testa quando eu ainda estava do lado de fora, junto ao portão de entrada, tinha se acalmado agora que estava no interior do antigo convento? Será que justamente ali, em seu lugar, não seria eu ameaçado pelo tédio pascaliano? Não: a fome permaneceu aguda, agora até intensificada pela perplexidade. "A decisão se aproxima!", gritei em direção à floresta deserta do parque (ou imaginei que gritasse). "Preciso de um conselho!" (É verdade: não era possível que eu tivesse de fato gritado isso: se o tivesse feito, aquilo teria voltado da encosta de Port-Royal na forma de eco.)

Para onde eu haveria de me dirigir? Onde estava afinal, o único oráculo, o único lugar diante do qual, por assim dizer, nada de "por assim dizer"!, poderia me vir um conselho?

E enquanto eu seguia, tropeçando, escorregando, deslizando, caindo (sobre o traseiro ou seja lá de que jeito), para cima e para baixo, para a esquerda e a direita, em ziguezague pelo, por assim dizer — basta com este interminável "por assim dizer"! —, campo santo de Port-Royal-des-Champs, não encontrei em nenhuma parte: aqui-ali-agora! É aqui!

Frequentemente ao longo de minha vida, sempre que procurava com insistência por algo, ainda que não desesperadamente, mas perto do desespero (desesperado é desesperado e significa "morto"— e o que aqui significa "perto"?), e sempre que estava a ponto de afinal desistir da busca, acabava por encontrar, e isso sempre acontecia de maneira inesperada, sem que houvesse para tanto qualquer tipo de certeza, nada de confiança no mundo ou no ser!

E assim foi também naquele dia. Num dos cantos mais escondidos do terreno — não havia nenhum brilho ou nem mesmo um reflexo de paisagem ali — enredado num emaranhado de amoreiras do qual não era possível avistar nada, vi-me, depois de inúmeras tentativas de me desembaraçar, vide acima, depois de inesperadamente erguer uma última vez o joelho perante algo que, um dia, fora uma clareira que, entrementes, já fora quase totalmente tomada pela vegetação, exceto pelo resto assoreado de uma represa e pelos fragmentos de uma mureta em sua borda. Só me dei conta do que era aquilo um pouco mais tarde: a primeira coisa que vi foi, como acontece frequentemente, um detalhe. Numa das pedras da parede haviam sido inscritas em letras maiúsculas, com um prego ou outra ferramenta que estava à mão, letras que não, não eram centenárias, mas que tampouco eram do meu, do nosso presente, muito embora parecessem ter sido escritas só pouco tempo antes. E logo eu já tinha lido a inscrição na pedra na qual não havia nada para ser decifrado: hoje, oito de maio, 1945 — soam os sinos da vitória (*traduzido do francês*).

Ali era o lugar. Agora eu o tinha encontrado, meu lugar, meu lugar de agora! Finalmente eu tinha voltado a Port-Royal. "Obrigado por voltar", gritou um corvo na copa de um carvalho, saudando-me, enquanto fazia reverências. E um trovejar único cruzou a folhagem de maio.

Sentei-me à margem da antiga represa, avistando os olhos-d'água esparsos, pretos como carvão, e para algo que se parecia com uma linha rítmica, meio submersa no lodo do pântano, como se fosse o remanescente de estacas, de troncos de árvores, igualmente pretos como carvão, como que carbonizados. Ao contrário da inscrição dos tempos da guerra, esses se erguiam como que das profundezas dos séculos, duros como pedregulhos ou pedras de sílex, lembrando aquelas estacas que assinalam os trajetos navegáveis na laguna de Veneza e que, conforme decidi, o jovem Blaise Pascal já avistara, ainda íntegras, ante seus olhos na infância, nos tempos de escola em Port-Royal, num estado bem diferente do preto carvão atual. De onde teriam vindo as badaladas dos sinos de igrejas que naquele 8 de maio de 1945 tinham anunciado pelo vale do Rhodon e acima dele, pelo planalto da Île-de-France, a derrocada final do Terceiro Reich? Só podem ter sido os sinos, dois? três? da igreja de Saint-Lambert, rio abaixo, em cujo cemitério as professoras de Pascal, freiras que tinham sido acusadas de heresia, jaziam, umas sobre as outras, numa vala comum.

Aos meus pés, meio mergulhado na lama, havia um lápis desgastado pelo tempo e, ao lado dele, "mas o que é que é isto?", uma agulha de costura manchada de ferrugem. (Faltava apenas o obrigatório terceiro objeto — que falte!) Será que à época de Pascal já existiam lápis? Decidi que sim. O lápis escrevia e eu o coloquei no bolso. E a agulha? Com ou sem ferrugem: ainda espetava. Coloquei-a junto ao lápis, num lugar seguro.

Involuntariamente, enfiei a mão na sacola de linho em busca de minha pequena e bastante resumida edição dos fragmentos de *Pensamentos*. Mas não era que, naquele dia, eu não levava comigo nada que se assemelhasse a um livro? Sim, e era certo que fosse assim. Senti-me aliviado. Fechei os olhos e era como se ao mesmo tempo eu também já não estivesse ouvindo mais nada, exceto por um vento distante, não este aqui do alto, do planalto, mas outro que vinha lá de baixo, do vale da abadia desaparecida de Port-Royal, um vento do vale. "Feche as portas dos sentidos!" — "Elas estão fechadas."

Para pensar: se os juristas estivessem sem seus barretes de quatro pontas e sem suas túnicas de quatro partes, eles não conseguiriam enganar o mundo. Mas um espetáculo como esse é algo a que o mundo não tem como resistir. Se eles tivessem de fato a justiça a seu lado, não precisariam usar chapéu de jurista. A nobreza de sua ciência já seria autoridade suficiente. Mas como sua ciência é apenas pretensão, o caminho dos senhores da justiça necessariamente deve ser aquele do poder de impressionar, por meio então do qual, de fato, exercem autoridade. E todas as autoridades estão fantasiadas. Só os reis, em seu tempo, não precisavam de fantasia. Não se mascaravam com trajes especiais para parecerem poderosos, o poder em pessoa. Aquele rei Luís, não o décimo quarto, muito menos o décimo quinto, mas aquele Luís bem anterior, rei, cruzado, trajava quase sempre uma túnica cinza-esverdeada, mais discreto do que o mais humilde dos pajens e, se é que usava algo sobre a cabeça, era então uma boina de tecido que podia facilmente ser confundida com seus cabelos de cor indefinida, ou talvez fosse de lã, tricotada por sua tão amada Margarida de Navarra, a boina do jovem Luís, o décimo primeiro, que frequentemente sofria de dores de cabeça?

Só que os reis dos tempos antigos morreram e nós precisamos das fantasias e impressões. E é a impressão, e não a razão, que traz consigo a aparência da beleza, felicidade e justiça. Sim, "impressão de justiça", é disso que se trata, aqui e agora, que me importa se assim o direito codificado está ou não do meu lado? Tenho a impressão agora de que já não há mais sobre a terra justiça sem violência e, por isso, a necessidade da justiça da espada contra a justiça aparentemente suprema, que é a maior das injustiças e, não só no caso "minha mãe". *Summum ius, summa iniuria.* Justiça da espada: justiça verdadeira! A malfeitora é uma daquelas que habitam para além da outra margem do rio. Se fosse ela do lado de cá, não seria justo puni-la, e nesse caso o grande malfeitor seria eu. Mas como eu imaginava que ela vivia do outro lado das águas, seria perfeitamente lícito matá-la, de um jeito ou de outro. Se ainda houvesse um Império, que soubesse de mim: ah, isto é ministério *dele*, não meu. Mas onde estão eles, os Impérios que sabem de mim?

Já havia muito tempo que eu tinha escorregado dos remanescentes da mureta, caindo de costas na grama e permanecendo ali deitado. E logo depois, devo ter adormecido. Sonhei. Era um sonho como já não sonhava mais desde minha juventude: parecia-me algo tão real quanto a realidade durante a vigília, também a mais desperta, um sonho que se prolongava e se prolongava, apenas abalado por um ou outro momento de agitação. O que se passava ali era, num primeiro momento, uma repetição daquilo que havia se passado entre mim e minha mãe. E como se repetiam nesse sonho os acontecimentos! Quão… quão… — incomparavelmente reais. Do nada, ou pelo menos assim me parece enquanto descrevo aqui aquela cena entre mãe e filho, em meio à nossa pacífica, se não íntima, vida doméstica comum, eu, adolescente, perguntando a ela, que ainda não havia chegado à idade de quarenta anos e que ainda era considerada a beldade da aldeia e, se fosse preciso, também da cidade, por que ela não resistira de alguma maneira, não, à maneira dela, ao governo criminoso do Reich. Aquilo surgia em forma de pergunta, mas era uma provocação súbita, impetuosa, proposital, motivada sobretudo por minha incapacidade de compreender e por uma fúria que durava até hoje. Eu também poderia ter indagado outra pessoa da família a esse respeito. Mas não sabia de ninguém a quem pudesse me dirigir, e todos os meus ímpetos nesse sentido, pelo menos àquela época, só vitimariam minha inocente mãe. Ela não respondia, apenas revirava as mãos, muda. E então ela chorou, sem dizer palavra, gemeu e soluçou diante do seu pretenso vingador. E seus soluços pareciam não parar nunca.

Até esse ponto, a cena no sonho reproduzia exatamente os fatos, só que eu os via como em Super CinemaScope, sem mim, só minha mãe aparecendo na tela do sonho numa imagem gigantesca. Mas a partir de então, depois de um momento de escuridão no filme, ressurgia o rosto dela em dimensões ainda mais monumentais do que antes, do tamanho de um planeta: o rosto da minha mãe no momento da morte, não, depois da morte, sem idade e de forma mais vívida que nunca. Era ela, minha mãe, bem como uma estranha, assustadora. Ou ao contrário: havia ali uma estranha assustadora que me olhava com um único olho arregalado, como se o outro olho tivesse desaparecido em meio a uma inflamação, e ela era minha mãe. Na infância, certa vez ela me contou que, tendo levado uma picada de vespa no meio da testa, entre os olhos, permaneceu cega durante uma semana. Agora aquele rosto não tinha pano de fundo, estava cercado por um negro profundo que brilhava, branco como o calcário. Em outra história a respeito de sua infância, ela havia passado um dia e uma noite inteiros presa a um espinheiro após sair à procura de uma vitela que se perdera.

O rosto materno que surgia naquele sonho não era o de quem contava aquelas histórias e que habitualmente, em meio às mais sérias e dilacerantes narrativas de família, esperava para descrever algum detalhe que daria ao ouvinte motivo de riso, quando então ela mesma, como era seu jeito, meio envergonhada, meio orgulhosa por sua originalidade, ria junto, baixinho. "Narradora — Semeadora": aquilo, dizia-me o sonho, acabara-se para sempre. Aquele rosto era o rosto de uma vingadora. Era um rosto que gritava, ainda que, durante toda a extensão do sonho, não tivesse sido pronunciada uma palavra sequer: só aquele olho que me incitava à vingança.

Durante toda a vida, e já muito tempo antes de ser vitimada pela melancolia, eu sempre temi pela vida de minha mãe, sem motivo, por nada e novamente por nada. Agora, pela primeira vez, eu tinha medo dela. A vingança dizia respeito a mim, o filho dela. Vingar-se cabia a mim, somente a mim. E a vingança já tinha sido feita. A aparição daquele rosto, surgindo subitamente do negro mais negro, sem lágrimas, saciado de choro para sempre, aquilo já era, em si mesmo, o ato da vingança. E o motivo? Novamente, uma daquelas perguntas tolas que a gente se faz, logo ao despertar. O sonho tornava evidente e óbvio que, para esta vingadora, não havia necessidade de razões. Era o que era.

Por outro lado, num sonho assim no qual nada acontecia, no qual apenas um rosto mudo dizia o que tinha para dizer, não havia escolha senão despertar imediatamente. E, então, nada como deixar aquele lugar com a inscrição histórica que, mesmo passadas mais de sete décadas desde a gravação na pedra, ainda pertencia à história recente e que falava do badalar de sinos ao término da guerra: fugir da história para o presente e isto significava sobretudo, para o presente de Blaise Pascal. Para a sala dele no museu? Não, para o telhado de feno, acima da madeira e das pedras.

E então encontrei ali, sob um sabugueiro que florescia, um banco, tendo atrás dele a choupana que havia tempos só se destinava a concertos e apresentações teatrais. Ainda que meu olhar se dirigisse ao vale lá embaixo, não era possível ver nada do convento, da capela ou do columbário. De onde estava sentado, a folhagem de maio escondia todas as construções, assim como permaneciam invisíveis os cento e tantos degraus na encosta: era só a natureza o que meus olhos avistavam. E assim tinha sido pensado. Alternava olhar diretamente para as mais brancas e delicadas flores do sabugueiro que eclodiam e eram sacudidas pelo vento de uma tarde de maio, para um lado e para o outro, quase junto às pontas dos meus dedos, e para o alto, para o céu, para além do topo deste templo natural. Hora da audiência. A espera em silêncio. E então chegou a hora.

Verdade, amigo. Ao longo do último século, ocorrera uma decadência do mundo, ocorreram várias decadências do mundo. E assim, a cada vez de maneira diferente, tinha sido também em todos os séculos anteriores da humanidade.

Mas basta de decadências do mundo, deste ou daquele tipo. Voltemos a uma das minhas palavras centrais, a "impressão". Agora, em vez dessa palavra, eu usaria outra: o "brilho". — Uma palavra que possui uma grande quantidade de significados em alemão, tanto no sentido positivo quanto, principalmente, no sentido negativo. — Aqui me interessa apenas um único, o único positivo, aquele, ouça, especial, aquele, ouvi!, significado da palavra "brilho" que proporciona um acréscimo vital, o brilho como acréscimo. Em outras palavras: "Luz"? "Lustro"? "Reflexo"? "Halo"? "Glória" celestial? terrestre? Para mim, amigo, este é um assunto sério. Permaneça, você também, tão sério quanto está — justamente você. Pois a nossa seriedade, a de nós dois, deve se tornar parte da discussão a respeito do brilho suplementar. Portanto: o brilho ao qual me refiro é o brilho e não pode ser substituído por nenhuma outra palavra. Brilho não é "impressão", tampouco é despertado do nada pela capacidade de "impressionar-se". O brilho é, por si só e a partir de si, matéria; é substância, substância original, substância das substâncias. E a matéria que constitui o brilho é insondável, impossível de ser pesquisada por qualquer uma das ciências e tampouco capaz de ter seu comprimento, largura, altura e volume determinados por meio da matemática, a mais clara das ciências e também a mais falsa de todas — e, ainda assim, a minha ciência, a minha primeira... Sim, investigar o que pode ser investigado e honrar silenciosamente o insondável. — O brilho do mistério da beleza? — Agora nada de falar sobre o "belo"! Esquecer essa palavra, basta de beleza, tanto entre aspas quanto sem. Não é o belo que é o começo do terrível, mas a procura pelo belo, a espreita do belo com ouvidos aguçados, a cobiça da beleza, o desejo de possuí-la. Não há nenhuma necessidade que seja mais falsa do que a necessidade do belo! Toda a miséria do mundo é consequência do fato de que as pessoas são incapazes de esquecer a história da carochinha do belo. E em contraposição a ele, as fontes, os córregos, os riachos e os mares do brilho! O Pacífico do brilho. Sem brilho: eu e o meu nada. O brilho, a vida. Embarcamos. *Nous sommes embarqués!* — Mas não é que desde seu tempo de jardim da infância, aqui em Port-Royal, você dedicou todo seu empenho para ser "nada", "o meu nada", "o fraco"? Lembre-se: "Ao escrever meu pensamento, às vezes ele me escapa, mas isso me lembra da minha fraqueza que eu sempre esqueço, e isso, para mim, é um ensinamento, tanto quanto o pensamento esquecido, pois a única coisa que me interessa é conhecer mais o meu nada." —

Ei, olhe aqui, a nuvem branca no horizonte, exatamente como no quadro de Poussin no qual Deus, o Pai, está deitado de bruços enquanto cria o Paraíso. E no horizonte, bem do lado oposto, outra sequência de nuvens de maio, mais brancas impossível, um enorme campo celeste marcado conforme um padrão delicado, como se tivesse acabado de ter sido arado. Será que ainda há arados na agricultura, puxados por bois, cavalos ou tratores? — Sim, há.

Aconteceu então de eu encontrar um segundo visitante de Port-Royal-des-Champs, alguém que eu jamais esperaria encontrar aqui. Subitamente, uma voz desconhecida, vinda de cima e do lado, alcançou-me, como às vezes acontece com as vozes que nas estações de trem anunciam chegadas e partidas e dão avisos, embora fosse uma voz evidentemente mais baixa e também mais pessoal do que aquelas e, novamente, ao contrário do que acontece com os alto-falantes, essa era uma voz que perguntava: "Posso me sentar a seu lado?" Quando ergui o olhar, vi à minha frente, diante do banco, a pouca distância, uma figura que me era conhecida, imóvel como se houvesse tempo que estivesse postada ali. A figura recuou então um único passo, deixando-se observar por mim até que, finalmente, reconheci o homem.

Era alguém que morava na mesma região que eu, ainda que não na minha vizinhança imediata. Vivia a algumas quadras de distância da minha casa. Ainda assim, eu o via com frequência, em geral de longe, assim que no começo da noite ele saía da estação e se punha a caminho de sua casa ou apartamento, enquanto eu, sentado nas escadas da terceira *gare*, observava o dia extinguir-se (ou talvez começar a acender-se). Como se ele não tivesse olhos para ninguém e para nada, cruzava a praça em linha reta, orgulhoso, e a cada vez eu pensava: "Mais um dignitário." Por meio do dono do bar que conhecia todos os moradores do bairro, fiquei sabendo que ele era juiz do tribunal criminal, num tribunal perto dali, em Versalhes, responsável sobretudo por casos menores. Antigamente seu título teria sido "juiz rápido" ou "juiz policial". Às vezes acontecia de nossos caminhos se cruzarem ou de eu deliberadamente cruzar seu caminho, passando perto demais dele por alguns instantes, de maneira que não tivesse como deixar de perceber minha presença, olhando para mim com um daqueles olhares apressados de "O que é que este sujeito quer?"; assim como fazia antigamente com meu irmão, tendo minha mãe atrás de mim, colocava-me no caminho dele e era denegado com um "O que é que você quer?" proferido em tom de desprezo.

Mas agora não havia nenhuma pergunta: aquele que estava sentado ali ao meu lado, sob o ramo florido do sabugueiro, como se aquilo fosse a coisa mais evidente do mundo, era a mesma pessoa que, nas cercanias das nossas casas, eu às vezes me sentira tentado a chutar. Ele parecia muito espantado por me encontrar ali, na distante e solitária Port-Royal-des-Champs, e eu me sentia da mesma forma. Fiquei espantado e alegre, assim como ele.

E então quem se pôs a falar foi só ele. Tinha vindo de bicicleta, como costumava fazer em quase todos os fins de semana, um passeio de um dia inteiro, ida e volta. Também por causa dos trajes diferentes, eu primeiro não o reconheci, na verdade não eram trajes esportivos, mas um terno já desgastado, com uma fita reflexiva de ciclista esquecida, presa na barra da calça. Era, sobretudo, o telhado da choupana de Port-Royal que o atraía. Ele jamais se saciaria de contemplar os reflexos amarelo-alaranjados. Na infância, costumava passar horas e horas acocorado junto a uma enorme vala da qual se tirava barro para fazer telhas, e aquele mesmo olhar que antigamente lançava às profundezas agora dirigia-se, como que virado de ponta-cabeça, para o alto, para o telhado de Port-Royal. Para ali passar os dias de aposentado, ele comprara uma casinha em Buloyer, a aldeia vizinha, de cuja janela no andar superior era possível olhar livremente para o telhado de feno de Port-Royal, do lado oeste. Além disso, aquela era uma das melhores regiões de cogumelos de toda a Île-de-France, embora hoje ainda não tivesse encontrado nada de bom, pois já era tarde demais para os *morchellas* e ainda cedo demais para os cogumelos de São Jorge, cogumelos tão singulares que, sem terem o habitual sabor dos cogumelos, eram simplesmente deliciosos, além de serem — isso fora cientificamente comprovado — fortificantes para as coronárias. Ao dizer isso, apontou para o chapéu redondo quase vazio, enquanto eu, de minha parte, apontava para todo um exército de muitas cabeças brancas dos tão virtuosos cogumelos de São Jorge que eu também louvei muito enfaticamente, e que reluziam, em meio à penumbra, sob um plátano. Eu os tinha avistado havia tempo, mas seria uma infração contra aquilo que estabelecera para mim mesmo, naquele dia, entregar-me às minhas loucuras habituais.

Tendo reunido aqueles tesouros no chapéu, o juiz voltou a se sentar a meu lado, mas o que ele passou a dizer a partir dali era, antes de mais nada, um solilóquio. Era como se eu não existisse para ele, ainda que de uma maneira diferente dos nossos encontros costumeiros na praça da estação. "Como detesto proferir sentenças. Juiz: profissão impossível. Uma única pretensão. Lúcifer, em comparação, era de fato o portador da luz. Nunca voltaria a ser juiz. Um inferno único para todos nós, juízes. Mas uma, uma única de todas as penas previstas em lei, eu ainda agora proferiria com convicção, conhecendo sua necessidade, sua urgência, justamente hoje, como meio para assustar as pessoas. E essa é a pena por abuso do direito, um delito pelo qual praticamente nenhum dos criminosos é responsabilizado hoje em dia, muito menos condenado. E, no entanto, aos meus olhos, aqueles que abusam da justiça são, dentre todos os que desrespeitam e transgridem as leis, não apenas a maioria hoje em dia, como são também aqueles que exercem a justiça, essa sua justiça, constantemente, dia após dia, que causam aos demais, às suas vítimas, desastres sobre desastres, dores sobre dores, injustiças sobre injustiças — e aí está o abuso da justiça! — sem necessidade, sem motivo e sem sentido, apenas por sua vontade. O abuso da justiça tornou-se uma religião própria, uma religião idólatra, talvez a última das idolatrias: o exercício e o exagero dos próprios direitos em detrimento dos demais. Eu agrido à minha volta com meus direitos, logo existo. E é só assim que eu existo. E é só assim que eles existem, e é só assim que eles sentem a si mesmos, esses transgressores, nunca punidos, das leis que dizem respeito ao abuso da justiça. Transgressores das leis? Assassinos das leis! E assassinos não só de uma lei. Seria necessário construir prisões especiais para esse tipo moderno de criminoso. E então esperar para ver o que acontece quando os criminosos ali confinados jogam pôquer, de cela em cela, de manhã até à meia-noite, com as cartas marcadas dos seus direitos. Ah! — Abuso da justiça; o único delito não só imprescritível, como isento de qualquer tipo de atenuante! Mas não é apenas nesses casos que já não existe mais sociedade e muito menos uma *volonté générale*. Talvez isso nunca tenha existido, mas essa expressão se tornou comum e exercia seus efeitos, entre nós e sobre nós. Não há mais sociedade. Mas talvez seja assim que a grande libertação virá."

Aos poucos o juiz voltou então a si, ainda que em seu íntimo, a julgar pelos movimentos dos lábios, continuasse a desenvolver ensinamentos sobre a justiça. Ao final, bateu com o lado da mão no banco, como se estivesse com isso interrompendo o ensaio de um concerto, e sorriu para mim, com todo o rosto: porque fora bem-sucedido no passatempo favorito ou porque dissera a si mesmo algo do fundo do coração? Não sei. Seja como for, ainda permanecemos sentados por algum tempo, lado a lado, ele com a cabeça virada para trás, em direção ao telhado de feno, e eu, tendo diante dos olhos as flores do sabugueiro que gotejavam ininterruptamente. Não trocamos mais nenhuma palavra. E ainda assim sentíamo-nos unidos, um ao outro, por esse encontro imprevisto, justamente aqui, e isso haveria de durar.

Minha ideia naquele momento: se algo semelhante poderia ter acontecido diante daquela que tinha insultado minha mãe, caso ela estivesse casualmente cruzando este canto do mundo? Aproximar-se um do outro, reconciliação? Não! De maneira nenhuma! Algo assim seria impensável, nunca e em lugar algum. Mas aqui tampouco seria cometido um ato de vingança, não aqui: este lugar era um tabu, um lugar de asilo, e não por se tratar de um lugar especial de Port-Royal-des-Champs, mas porque a mulher e eu nos veríamos ali, um diante do outro, sem termos planejado.

À hora da despedida e do "até logo", quis surpreender o juiz ao fazer algo que nós, crianças da aldeia, tínhamos aprendido: soprando na haste seca de um dente-de-leão, fiz soar uma nota grave e extensa que mais se parecia com um simples ronco. Mas, na verdade, foi ele quem me surpreendeu. Apanhou logo várias hastes assim, de diferentes espessuras, juntou-as num maço, aproximou dos seus lábios de juiz e veja, não, ouça, fez com que soassem como numa fanfarra de muitas vozes, em meio à qual se ouvia também o som de uma gaita de fole, não, não esta palavra, de uma *cornemuse*, sobre a tônica de um chifre de boi: alguns momentos de uma música que, segundo eu havia decidido, nem eu nem ninguém no mundo ouvira antes.

Por fim, com uma voz que parecia ter se suavizado devido à música, o juiz: "E ainda assim: viva a justiça! Sim, a justiça como prazer, um prazer especial que pode ser encontrado, por exemplo, nos olhos das crianças: elas não julgam, elas decidem. O Quarto Poder. Mas: quem o implementa?" E depois de fazer uma pausa: "Veja: o desenho das telhas da velha choupana, ali, como o Outro Mapa-Múndi!" E depois de mais uma pausa, olhando para mim, como se soubesse de tudo: "O senhor tem um propósito sério. Que meus bons votos o acompanhem."

E ao final, o juiz até se pôs a gaguejar, o que, no entanto, reforçou ainda mais a confiança que eu tinha nele, como sempre me aconteceu com gagos. E uma das poucas palavras compreensíveis que ele então pronunciou foi: "Eu sou órfão!" ("*Je suis un orphelin!*")

Quando deixamos Port-Royal — novamente recuando um pouco — senti necessidade de prometer algo à luz que havia ali, por detrás das árvores, mas não sabia o quê.

A caminho da parada de ônibus, pela borda da floresta, em direção a leste, de repente, mais ou menos do nada, fui tomado por uma sensação de urgência. Aquilo era algo com que me confrontava dia após dia e que sempre surgia sem qualquer motivo, atacando-me pelas costas. Geralmente era uma sensação que apenas roçava em mim e que voltava a me libertar num instante, espantada por uma espécie de bruxaria: o antídoto da razão. E agora, também naquele dia, tentei fazer uso dela — "ainda há bastante tempo até o anoitecer e, além disso, em maio só anoitece tarde" —, mas o sentimento de urgência não me largava, agarrando-me principalmente pelo pescoço. A urgência era uma espécie de sufocamento, um sufocamento especial, e de nada adiantava que a razão tentasse me tranquilizar, alegando que a urgência era uma alucinação minha, causada, entre outras coisas, pela ideia de que eu estava me dirigindo a oeste e, portanto, à escuridão.

Aquela urgência — que hoje, como sempre, tinha surgido ante o limiar do entardecer, parecendo tão súbito quanto inalcançável — normalmente surgia, embora voltasse sempre a se revelar privada de sentido, tanto como necessidade quanto como força, depois de algum período ou de algum percurso, ora mais breve, ora mais longo, de misantropia. E era assim também que acontecia daquela vez. Só que minha literalmente crônica, isto é, efêmera, "temporária" misantropia transformou-se, de um instante para o outro, enquanto eu caminhava com súbita pressa, como se estivesse sendo perseguido, em direção à estação de ônibus, com ódio pelas pessoas, hostilidade, uma hostilidade mortal contra a qual a razão, a minha razão, nada podia, ainda que a cada um dos meus passos apressados ela me sussurrasse, dizendo que minha fúria assassina, tão logo eu encontrasse uma só pessoa de carne e osso, sejam lá quais fossem essa carne e esse osso, até mesmo os de um malvado em pessoa, imediatamente voltaria a se transformar em minha costumeira misantropia vespertina que me levava a baixar a cabeça ou virá-la para o lado diante dos outros, sem olhá-los. "Só espere até encontrar um companheiro de caminho: você silenciosamente vai lhe pedir perdão pelo ódio, ainda que ele esteja levando três pitbulls para passear."

Ao longo de todo o caminho, tomado que estava por aquela sensação de urgência, não encontrei ninguém. E era bom que assim fosse. Estava desfrutando minha raiva e minha hostilidade. E o principal era que dessa forma a sensação de urgência também desaparecia. Na floresta ao longo da qual eu seguia, havia, ao que parece, um *stand* de arco e flecha, pois a cada tanto ouvia-se, por detrás das árvores, disparos abafados de balestras. Setas zuniam e vibravam em direção ao alvo ou caíam, menos sonoras, tendo errado o alvo. As balestras as faziam chiar e ressoar com baques surdos. E quem dava os tiros ali era eu; eu, eu, e novamente eu. E o estilingue de criança ali, à beira do caminho, ainda que estivesse destruído, era meu. Vamos voltar a esticá-lo! Era uma lástima, uma pena eterna, que esse caminho do inimigo da humanidade fosse tão curto, mal e mal estendendo-se pela distância de doze tiros de arco ou de duas dúzias de pedradas.

Por outro lado, quanto mais triunfava o sentimento de êxtase — inimigo mortal de todo o gênero humano —, tanto mais me sentia inseguro. Era perturbador que eu nada soubesse a respeito do estado atual do mundo. De fato, eu não só sentia um peso na consciência por estar desinformado desde aquela manhã e, àquela hora, já pelo dia inteiro, como também porque via o meu ignorar das informações, fossem elas quais fossem, como falta de responsabilidade e culpa, uma grave culpa. Por que eu não tinha me interessado pelas catástrofes, pelos massacres, pelos atentados do dia? E se o mundo sequer continuasse a existir? E se isso aqui fossem apenas reflexos? E agora, olhe: nos suportes para os anúncios das eleições europeias, no desvio que leva às paradas de ônibus que se estendem sobre metade da aldeia, não se vê nenhum rosto, estão totalmente vazios! — Mas veja, aqui: um besouro debaixo da cerejeira, na calçada, quase do tamanho de um polegar, com os desenhos de dentes de serrote na parte lateral da carapaça, morto, congelado na noite de maio, e ali: mais um, e aquele lá ainda se arrasta, ainda vive! Então quer dizer que, ao contrário do que foi alegado, esses besouros ainda não foram extintos. Informação! Boa notícia!

Esperando pelo ônibus numa cabine de concreto sem janela em mais uma das estradas da Île-de-France junto à aldeia. Havia ali um jovem casal mudo, o homem balançava os braços, a mulher, a um curto passo de distância dele, sem contato corporal, exceto pelos dedos de uma mão que ela voltava sempre a passar pelas costas dele, de cima para baixo. Aquele gesto era uma novidade para mim; de qualquer maneira, não eram carícias. Ou talvez sim, e esse tipo de carícia havia se estabelecido no mundo, e não apenas no mundo ocidental, enquanto eu dormia e sonhava no meu isolamento pascaliano. E sentia como se, naquele dia, tivesse passado anos em Port-Royal.

O casal se afastou, sem olhar para mim. Ou assim: minha presença ali, desde o princípio, passou despercebida para ambos. Além disso, eles sequer estavam esperando por um ônibus. Será que aquela parada de ônibus já não funcionava e a linha de ônibus que eu conhecia de anos antes não existia mais? Sim: pois os horários atualizados da passagem do ônibus estavam anunciados ali, inclusive os horários de fim de semana.

Para mim, que havia pouco me sentira tomado pela urgência, o tempo agora parecia demorar-se. Imaginei que isso se devesse ao fato de ninguém prestar atenção em mim. Entre os ciclistas que circulam pelas estradas, isso era o normal, especialmente para aqueles que seguiam em bandos, vestindo roupas de ciclista e capacete na cabeça, ocupados com seus diálogos aos berros — pois era preciso superar o zumbido das rodas. Tampouco dos automóveis que passavam, cujo número pouco aumentara com a chegada do fim da tarde, vinha qualquer olhar que me atingisse ou ao menos passasse por mim de raspão; se é que os ocupantes dos veículos olhavam para alguma coisa, era para a estrada ou, quando eram vários, um para o outro. E, no entanto, eu imaginava ser uma figura que chamaria a atenção, com meu terno Dior de três peças azul-escuro, chapéu Borsalino de abas largas cuja fita era ornada por uma pena de bútio, meus óculos de aros escuros, sentado sozinho sobre o banco deteriorado sob o abrigo da parada de ônibus.

Saí de lá para a beira da estrada. Não que ao fazê-lo eu desejasse ser atingido por um raio vindo do zênite do céu. Mas, por um momento, eu estava preparado para algo assim, tal era meu desejo de obter alguma prova de minha própria existência. Sentei-me, deliberadamente, sobre uma pedra à beira da estrada, maior e mais pesada do que todas as demais ali, e que ainda se inclinava, rodeada até o topo por urtigas particularmente agressivas. Quando arranquei algumas delas com as mãos nuas, deixando-me queimar propositadamente (de início, uma sensação agradável), notei naquela pedra que, ao contrário das demais, não era de concreto, mas de granito, uma coroa-real que não fora cinzelada hoje nem ontem. Com gestos cuidadosos, usando as unhas e depois o pequeno punhal sarraceno cujo comprimento mal chegava ao de um dedo médio e que, como era meu costume, eu colocara no bolso naquele dia, tirei a camada de musgos que recobria o contorno da coroa e, enquanto isso, voltava a separar minhas pernas, tentando atrair assim os olhares, fossem quais fossem, em direção àquele fenômeno, como através de uma cortina que se abria: "Olhem, vejam, uma pedra dos tempos dos reis, e vejam também o idiota do dia, sentado sobre essa pedra, como se esse fosse o seu lugar, e vejam como esse transviado, sentado sobre a pedra do rei, como dança sem erguer o traseiro uma polegada sequer; como ele dança sua dança que há séculos saiu de moda, sentado à beira da nossa antiga estrada real, sentado mesmo sobre os cantos pontiagudos e esburacados do seu trono de rocha!"

E, no entanto, ninguém reparou nem em mim, nem em nada, nem em ninguém. É melhor ser condenado definitivamente do que passar despercebido. Cada um por si, e não só no que dizia respeito aos veículos: também aqueles caminhantes, um grupo, por assim dizer, peculiar, com velhos e jovens, com e sem bengalas, passaram por mim ainda sentado sobre a pedra, em meio às suas alegres exortações mútuas, sem lançarem um único olhar em minha direção, assim como os dois ou três caminhantes solitários que andavam de olhos mergulhados em seus mapas de trilha.

E, no entanto, eu era responsável por algo. Sentia-me impelido a ver todos os que seguiam em seus veículos tanto quanto os que caminhavam sob o céu da Île-de-France, e não só sob o céu da Île-de-France —, mas não conseguia fazê-lo, embora voltasse sempre a tentar. Um deles, muito jovem, que parecia vir de longe, do luminoso oeste, por fim surgiu, carregando uma mala gigantesca sem rodas, caminhando em minha direção, na contraluz, de tal maneira que só consegui olhar para o rosto dele depois que passou por mim, depois que quase raspou em mim — também me ignorando, ainda que não intencionalmente, eu apenas não existia para ele —: um rosto bem jovem e ao mesmo tempo, raro, um rosto de tempos antigos. Afastei dele o meu olhar, voltando-o ao zênite do céu, como se quisesse me pôr à prova — e aquele ali, quase uma criança, com seu rosto de antigamente, o rosto de Luís, o cruzado, ou de Parsifal, não caminhava sob céu algum.

E, no entanto: ao voltar para trás o meu olhar por sobre o ombro, para a parte de trás da cabeça dele e suas costas: quando fora a última vez que alguma pessoa caminhou assim, sob um céu como esse? E até o anoitecer, até tarde da noite, haveria ainda de ver muitos outros sob o céu, andando ou parados, sentados, deitados.

Durante todo o tempo que permaneci esperando pelo ônibus, insinuavam-se até a estrada, vindos da aldeia ou de um único jardim ali, sons e vozes, como só se ouvem numa festa, e pensei: "É cedo demais para uma festa, pelo menos para mim. Poupem-me de suas festas de maio. Minha festa, a festa da vingança, a festa sob a luz da vingança, deve esperar até o anoitecer, até à noite!"

Mas agora eu desejava que algum dos convivas daquela festa chegasse até mim, ali, sobre aquela pedra real à beira da estrada, e me convidasse — desejava, embora aquele tivesse sido pensado como um dia no qual desejar não produziria nenhum tipo de efeito. A voz de uma mulher, vinda do lugar onde era celebrada a festa, chamava minha atenção em especial, levando-me a aguçar os ouvidos pela maneira como ela ria: ora alegre, ora escarnecedor, um riso até arrogante mas, ao mesmo tempo, duvidando de tudo e todos que se encontravam à sua volta, especialmente de si mesma, o riso de minha mãe. — Um riso que parecia próximo do desespero e, ainda assim, um riso festivo? — Sim, assim era. Assim é. — Perseguir agora o riso festivo? — Não, havia perseguido os fantasmas da mãe por vezes demais nas últimas décadas.

Por fim, o ônibus, já de longe piscando os faróis, como se piscassem para mim, pessoalmente. Durante aquele dia inteiro eu quase só vira ônibus vazios, mas este, quando embarquei, estava realmente abarrotado de passageiros, a maior parte deles com rostos estranhos, mais estrangeiros impossível, em número e em massa, mas também já familiares, à primeira vista, de uma maneira quase assustadora. Sim, talvez fosse um ônibus de trabalhadores rurais, como aqueles que eu conhecia da Espanha, abarrotado, cheio de *labradores*? E já sentia em meu nariz o cheiro de cebolas, laranjas, espigas de milho e, predominando sobre os demais, o de coentro fresco.

Mas não, esses rostos largos, todos eles parecidos uns com os outros, não eram rostos de trabalhadores rurais. No máximo, talvez, aquele velho que se encontrava entre eles, um dia há tempos, na Andaluzia ou na Romênia, tivesse sido um trabalhador rural. Mas, ainda assim, os que estavam sentados no ônibus, até as últimas fileiras na traseira, eram os filhos e netos dos *labradores*, espanhóis, norte-africanos ou balcânicos. Só que havia tempo que já não mais trabalhavam em propriedades rurais alheias, talvez sequer lhes tenha sido transmitida a mais vaga ideia a respeito da terra e da agricultura e, desde o nascimento, tenham vivido ali no planalto da Île-de-France e se tornado vendedoras, garçons, empregados domésticos, adestradores de cães, passadoras, e o ônibus do fim da tarde os levava de volta para casa, depois de um dia de trabalho, para os apartamentos em algum novo bairro da expansão.

De parada em parada, mais e mais desciam do ônibus, enquanto a imagem deles que me persegue é a de aldeões, e sobretudo de aldeãs, num passeio de feriado; eles poderiam ter vindo da minha antiga aldeia. E em meio ao ônibus cada vez mais vazio, estes e aqueles mostravam rostos diferentes, fundamentalmente diferentes, indefiníveis também, no que dizia respeito à idade. Cada um dos poucos que permaneciam no ônibus lia, embora só um estivesse lendo um livro. Os demais olhavam para mapas desdobrados, uma visão singular e ao mesmo tempo familiar, pois agora havia espaço suficiente para isso. Não eram mapas de trilha, mas mapas geográficos de dimensões maiores, mapas regionais, e aquele lá, não estava ele olhando um mapa-múndi? Sim — e havia até mesmo um dos passageiros estudando um atlas celeste.

Mas eu era incapaz de afastar meu olhar da jovem negra que no fundo do ônibus, junto à janela traseira, tinha um livro diante dos olhos. Primeiro, o que me chamou a atenção foi sua figura, de um preto retinto e uniforme de cima a baixo, e cujos traços faciais eram impossíveis de serem distinguidos, como algo fantasmagórico, até ameaçador, que contrastava com a paisagem de maio que passava pelas janelas, mais verde do que verde, sob o entardecer. Para o que se preparava esta gente além de mim? (Na adolescência, voltando para casa no ônibus do fim da tarde, eu imaginara uma história na qual subitamente um louco surgia ao lado do motorista anunciando: "Eu sou Deus!", ao mesmo tempo que agarrava o volante e se lançava, "junto com todos nós", no abismo.) Só então reparei no braço da africana, apoiado no joelho erguido, e na sua mão com o livro; não, aquilo que se via ali era o contrário de um fantasma ou de uma imagem assustadora. E aquilo vinha do branco das páginas do livro que brilhavam quando eram viradas ou cada vez que a leitora fazia algum movimento involuntário.

Não era raro que eu visse desconhecidos lendo assim, e talvez até com mais frequência agora do que em anos anteriores, ou talvez com o tempo meu olhar havia se tornado especialmente aguçado quando se tratava de leitores desse tipo e de outros, e a cada vez eu ficava prestes — embora nunca o fizesse — a lhes perguntar qual era o livro que liam ali "tão graciosamente!". Mas diante desta leitora, eu não pretendia saber o título do livro. Não precisava conhecê-lo, pois tinha certeza de que estava lendo o livro "Livro", da coleção "Livro dos livros". Ao longo de toda a minha vida, ainda que sempre apenas diante da natureza, senti que três cores se juntavam para criar uma imagem de paz, o céu, uma montanha, um rio (clássico), como "cores da bandeira", cores de uma bandeira da paz: aqui, agora, ao contemplar o verde para além da janela traseira do ônibus, o branco das páginas do livro e o preto-sobre-preto dessa leitora, essas cores de bandeira, pela primeira vez, surgiram diante dos meus olhos não vindas apenas da natureza. E eu imaginei como nas profundezas da África, mais tarde, aquela leitura prosseguiria. Uma mão, ao virar a página, tornava-se a outra e, da mesma forma, um dedo tornava-se o outro.

O destino do ônibus era uma estação de trem, lá embaixo, num dos vales secundários ao longo de algum dos rios da

Île-de-France que desembocam no Sena. Mas o percurso do ônibus que afinal era uma verdadeira viagem, haveria de prosseguir até o final da história, até o anoitecer e então mais adiante, noite adentro, se não a bordo dos ônibus de linha, num dos então chamados "ônibus substitutos". A rede ferroviária em torno de Paris estava justamente passando por uma reforma completa e aquele era o tempo dos "ônibus substitutos" e a consequência disso era que esses ônibus substitutos tinham como paradas as habituais estações ferroviárias e, entre uma e outra, descreviam percursos afastados dos trilhos, obrigados, a cada vez, a fazer grandes desvios que multiplicavam a duração da viagem, dando voltas por ruas laterais e passando por regiões nunca vistas, sempre voltando a alcançar os limites da Île-de-France e, em alguns lugares — falaremos sobre isso adiante —, ainda seguindo além.

Para mim, aquilo estava ótimo. Pois era como se, depois daquele instante de urgência e de pressa, agora eu tivesse tempo de sobra, o que é também uma lei especial da natureza das almas, ou, ao menos, assim eu decretei. E, de fato, os acontecimentos daquela viagem a bordo de um ônibus substituto — também os tristes e desastrados — foram por mim percebidos como abundância de tempo, o tempo como um Deus bom, sem que eu pensasse naquilo que tinha em mente ou no que ainda tinha diante de mim.

Volta sobre volta, percorrendo enormes desvios e transportado em todas as direções, eu me sentia como se estivesse passeando lá fora distraidamente, passo a passo, de acontecimento em acontecimento, de imagem em imagem, enquanto o solo macio do planalto continuava a absorver meus passos; como se, a cada tanto, eu voltasse sempre a me deter; sentasse sobre um banco; entrasse numa igreja desgastada ao avistá-la passando diante dela. Uma épica dos ônibus substitutos! "Onde está você, Homero dos ônibus substitutos?" Por outro lado: como eram duros os assentos daqueles ônibus em comparação com os de linha. Como sacolejavam, rente ao chão, em vez do ronronar que embalava os passageiros. Que tortura, ao passar sobre o mais insignificante dos buracos. — Mas aquilo não fazia parte da epopeia?

Todos aqueles caminhos de terra batida, entre as casas e os prédios, margeados por pequenas margaridas, e apenas por pequenas margaridas. Um homem mais velho e uma mulher *idem*, diante da entrada do prédio de apartamentos de aluguel barato, a mulher procurando a chave da porta nos bolsos fundos do casaco do marido. Um jovem dá um bofetão na mãe. Todos eles, açodados — e onde estão os carrascos? E aqui: eu, criança — que cabelos despenteados, para não falar das bochechas vermelhas! E que gritaria agora do cachorro — e, no meio dela, um choramingo, como o de um recém-nascido. E veja! ali vai aquele que imaginávamos já estar morto, o idiota do lugar onde moramos, como se não fosse nada, nem para mim nem para você — só a barba dele cresceu nesse ínterim — ah, esse ínterim!

Uma confusão na calçada, alguém, sem querer, esbarrou no homem que ia a seu lado com a bolsa angulosa do computador, e o que foi empurrado revidou com os punhos.

Tantas crianças que quando se olha para elas, principalmente de longe, escondem-se, como se estivessem fazendo algo terminantemente proibido — quando, na verdade, estão apenas brincando, como aquelas duas agora, com uma lata.

A velha que permanece em pé diante de um banco e diz a si mesma: "sente-se!" e, mais uma vez, "sente-se!"

E os acontecimentos nas centenas de voltas ao longo do percurso: aquele que, no trajeto de ida, permanece acocorado, perplexo, diante das ferramentas espalhadas à beira da estrada e que, no trajeto de volta, continua ali, do mesmo modo. Aquele que estremece com o corpo inteiro e que segura a mão trêmula do outro que lhe quer dar fogo. Aquele inteiramente tatuado, da cabeça aos pés, com as pontas dos dedos mais pálidas do que pálidas e as unhas roídas. O velho que não para de se abaixar, em busca de avelãs debaixo do galho de uma aveleira, e que não sabe que ainda é Primeiro de Maio e que o verão ainda nem chegou. E novamente uma criança que grita de trás, de longe, em direção a um desconhecido — para insultá-lo? Não, para acenar ao estranho quando ele se vira. E não esquecer: aqueles tantos exaustos e que, só um exemplo, permanecem encostados a uma árvore à beira da estrada e não só são incapazes de se mover dali e de dar mais um passo sequer, que se curvam e se agitam, no vazio, de um lado para o outro, como também de agarrar com os dedos algo de que precisam com urgência e que está em seus próprios bolsos: uma chave ou um alfinete de segurança do qual têm necessidade igualmente urgente. "Socorro!", dizem em vão aqueles dedos que antes pertenciam àqueles corpos, que querem voltar a lhes pertencer, mas que se extraviaram: "Socorro! Ajuda! Ajudem-me, pelo amor de Deus!" E como resposta, mais desprezo como resposta?

Um rumor no ar que já estava presente antes, desde sempre, não só desde hoje, um trovejar de fundo, constante — as ondas do rádio? —, mas que só se destaca, em meio ao mundo dos ruídos habituais, por soar junto com esses gritos de socorro. E quantas terras de ninguém havia, além dessas, ainda que cada vez menores, porém em número sempre maior?

Nada a narrar sobre os acontecimentos dentro do ônibus apesar da viagem noite adentro? Sim: costurei um botão na minha camisa que tinha caído: no pulso, sensação de estar então abrigado, como se estivesse de volta ao lar, estando fora do lar. E um dos passageiros insultou o telefone celular que estava diante dele: "Pare de piscar para mim, ratazana!" E um dos botões de flores de álamos e de salgueiros que navegavam pelos ares e que, tendo entrado pela janela entreaberta do ônibus, pousou na minha mão, mostrando as asas negras de uma mosca que tremulavam sobre a penugem branca, ou não: a penugem era parte da mosca e era impossível soprar "a mosca de penugem branca" (como passei a chamá-la) da minha mão, motivo pelo qual pensei: "Esta mosca há de salvar a humanidade!" E aquele passageiro japonês com uma máscara diante da boca e do nariz. E outros tantos, com nomes como "Stöpsler" ou

"Nestler", ou com o nome duplo "Nestler-Stöpsler". E, não esquecer, as mulheres no fundo do ônibus que, em intervalos, se enfeitavam para a noite, a cada estação, outras.

Sim, e também a igreja cujas portas permaneciam abertas, numa das voltas junto do rio nos limites da Île-de-France, já quase na Normandia ou na Picardia. Numa das pausas para descanso, entrei nela. Estava aberta, transformada num salão de *bridge*, um salão silencioso, apenas junto a uma das mesas havia jogadoras, mulheres. Numa outra mesa havia uma mulher mais velha, sozinha, de olhos fechados. Não havia mais nenhum sinal do antigo mobiliário da igreja. Mas, sim, então encontrei um sinal: a luz eterna, numa parede lateral, que já era elétrica à época em que ali ainda eram celebrados serviços religiosos, e seu reflexo sobre os óculos de uma das jogadoras de *bridge* apoiados no alto de sua cabeça. E então, mais um desses remanescentes: o antigo confessionário que era usado por crianças para brincar de esconde-esconde. E na parte interior do arco redondo, acima da porta de entrada, ainda viam-se os ornamentos medievais na pedra, em forma de romboides, como se fossem olhos ligados a outros olhos, o que me pareceu uma variação do emblema dos computadores "aerobase". E então, novamente, veja: as marcas milenares dos diferentes pedreiros, uma delas cinzelada na pedra em forma de pirâmide e junto a ela, aquele corredor que tendo se detido diante daquele sinal, como diante de um dos pictogramas ao longo de um percurso de *fitness*, fazia seus exercícios físicos. E eu, por último, ali mesmo, acabei por acender duas velas, não dentro, sob a luz eterna, mas fora, ao ar livre, junto aos romboides dos arcos e às marcas dos pedreiros, uma para os vivos, outra para os mortos. E enquanto o fazia, voltei a encontrar minha cobra: tinha emigrado para junto da fronteira da Île-de-France e junto de outra cobra, permanecia enrolada, sob os últimos raios do sol de maio, na grama atrás da antiga igreja, e assim permanecia, erguendo apenas por alguns momentos a cabeça malhada. Mas o fato de que o motorista do ônibus substituto voltava sempre a errar o caminho, não sabendo por onde seguir, também era parte dessa epopeia, e quem sempre voltava a ajudá-lo, indicando-lhe o caminho a seguir, era eu. Assim tinha sido pensado tudo aquilo.

E depois das noventa e nove voltas do ônibus substituto, a chegada. O previsível bar da estação final era como são os bares das estações finais — E o que se deve imaginar quando se fala de algo assim? — Nada de especial, exceto pelo fato de que, pelo menos para mim, lembrava o interior de uma choupana, ainda que havia séculos apenas servisse para abrigar uma taverna. Já o piso, feito de tábuas de carvalho muito bem rejuntadas, parecia o assoalho do restaurante de um transatlântico. Por algum tempo, ainda permaneci sentado junto a uma das muitas mesas que só com o final do expediente começavam a ser ocupadas, e mergulhei na contemplação das antigas tábuas do assoalho, em parte também por sentir um peso na cabeça ao término daquele dia. Nos vários pontos da madeira, nos quais no passado os galhos tinham brotado do tronco da árvore, havia em vez dos antigos nós, cavidades no chão; a maioria delas pequenas, mas também, aqui e ali, algumas maiores, vãos profundos, e assim me lembrei do assoalho na aldeia que não era feito de carvalho e sim, de pinho, e onde antigamente, em nosso tempo, junto a buracos e vãos como aqueles, no meio da casa e não lá fora, ao ar livre, nós jogávamos um jogo muito especial, com bolinhas de gude feitas de barro por nós mesmos e, sem jamais pensar nos jogos que jogávamos mais tarde, agora eu sentia como se aquele jogo infantil fosse outra vez, literalmente, "o suprassumo" de todas as nossas brincadeiras. E na noite que se aproximava, eu desejava poder jogar um jogo assim. "Desejava"? Eu tinha determinado aquilo: nosso jogo decisivo. E o que se quer dizer aqui com "nós", era evidente.

Nome do bar da estação final: *Neuf-et-treize*, Nove-e-treze, e era assim que se chamava havia mais de um século. Por que ali se encontravam duas linhas de trem? O salão estava quase lotado, exceto por uma mesa, uma mesinha no centro que permanecia vazia e assim deveria permanecer; também aquilo tinha sido pensado assim.

A festa podia começar. Não era preciso nenhum sinal de início. Simplesmente pendurar o casaco, puxar a cadeira e acomodar-se — a isso se combinavam outros movimentos, expressões e gestos: acenar com a mão, erguer as sobrancelhas, e assim tornava-se uma festividade quando não, em alguns momentos, uma solenidade, para a qual sequer era necessária aquela maneira especialmente chamativa de estender a mão, saudando alguém, apertando a mão do outro depois de com ela descrever um vasto arco, passando por cima da própria cabeça.

Muitos daqueles que eu havia encontrado durante o dia apresentaram-se novamente ali, mesmo que de outra forma, ainda continuando a ser eles mesmos: o cantor e motorista de táxi, o juiz e tocador de gaita de foles. E me ocorreu então, sim, eu me dei conta de que durante todo aquele dia não tinha lidado com nenhuma pessoa ruim ou má, e não só naquele dia, como também havia meses, anos! Será que alguma vez em toda a minha vida eu havia me deparado com um facínora, uma pessoa fundamentalmente má? Não em pessoa, nunca em carne e osso.

Só o que via à minha volta eram clientes iluminados. Iluminados também, aqueles que tinham rostos sombrios: que luz especial, quase (quase) celestial brilhava ali, a cada vez que a tristeza os abandonava, ainda que fosse por um só instante.

Dentre os casais que havia naquela sala destacavam-se os novatos. E o que eu chamava para mim mesmo de "novatos" não eram só aqueles que acabavam de se encontrar por acaso, pela primeira vez, a caminho do bar e que, pela primeira vez, tentavam contar ao outro, ainda quase desconhecido, quem eram, de onde vinham e qual era sua profissão. Além desses, também chamava de "novatos" este ou aquele dentre os casais velhos, além dos antigos casais que depois de uma ausência prolongada, havia anos separados um do outro, voltavam, pela primeira vez, a conversar — e como seu diálogo era interrompido, e outra vez interrompido, ao mesmo tempo em que empurrado, pela boa vontade de ambas as partes, bem como por outras coisas. E em meio a todos esses, aquele casal cujo homem, ou era a mulher, mais tarde naquela noite, pôs-se a chorar, dizendo: "Eu nunca mais quero ver você! Desapareça!" e, quase no mesmo fôlego e em meio a um choro ainda mais terrível: "Nosso destino é ficarmos juntos e não existe nada que seja capaz de nos separar, fique comigo, para sempre, eu imploro!", e por último, só um único lamento, sem palavras, que logo se tornou uma canção ou tentou se tornar uma canção.

Minha desconhecida vizinha de mesa — sim, isto foi lido corretamente — que em silêncio, comigo mesmo, eu chamava de "minha dama de mesa", tinha diante dela um telefone celular, por meio do qual escrevia algo a alguém e eu não tinha como deixar de ler o que escrevia, letra por letra, palavra por palavra: "Enquanto eu descia as escadas da estação de metrô, queria que meu vestido (não há apenas mulheres de calças) flutuasse no vento e que você, ao olhar lá de cima, estivesse vendo, mas já era tarde demais e você já não estava mais ali para ver." (*Minha tradução.*) Ao que eu imediatamente liguei meu próprio celular e li na tela três poemas que meu amigo Emmanuel, o pintor de automóveis, tinha acabado de me enviar, primeiro: "*Rentré à la maison comme d'habitude/ Je l'aime*" (Tendo voltado para casa, como de costume/ Eu a amo), e o segundo: "*Est-ce *qu'elle est de mauvaise foi?/ Et alors*" (Será que ela está de má-fé?/ E daí). E aqui, ainda, o terceiro: "*Il faudrait que je retombe amoureux/ Ça fait oublier les points et les virgules*" (É hora de me apaixonar novamente/ Assim esqueço os pontos e as vírgulas) (*Tradução provisória feita por mim*).

Enquanto isto, acomodei-me junto ao balcão sobre um dos bancos altos de onde podia avistar melhor a sala. O *barman* travava um diálogo exaltado com um cliente, o outro apenas ouvia, exaltado estava somente o *barman* que falava e falava ininterruptamente. Não eram poucos os convivas de nossa festa que a cada tanto passavam para a cozinha, cruzando a porta de vai-e-vem como se lá também fosse seu lugar. Em meu copo de vinho havia uma flor de castanha com a *line of beauty and grace*. (Eu a engoli.)

Voltando à mesa, reparei pela primeira vez no enorme televisor, num canto dos fundos da sala. Estava ligado, sem volume. Ali estava sentado um grupo de especialistas que evidentemente riam muito: como num ritual, mostravam os dentes e sussurravam por trás das mãos abertas, como técnicos de futebol que querem manter sua tática em segredo. Os tempos de especialistas de todos eles já tinham passado e agora participavam do eterno divertimento universal. Reconheci numa das mulheres do grupo a criminosa, aquela que proferira impropérios sem noção sobre o túmulo de minha mãe. — Seria mesmo ela? — Era ela. Eu assim decidi. — Usava três óculos: um em cima, sobre o alto da cabeça, um à frente dos olhos insondáveis, e um terceiro, pendurado num cordão diante do peito, voltando sempre a fazer anotações com um lápis comprido demais que eu esperava que se partisse ao meio, em dois (só que, como já foi dito, aquele não era um dia no qual os desejos tivessem alguma serventia).

E subitamente, a bola, as bolinhas de gude, rolaram para algum outro lugar, bem diferente daquele imaginado no início dessa história. Para ela, a malfeitora, assim como para seus semelhantes, não havia lugar na história, nem nessa nem em qualquer outra. E aquela era a minha vingança. E aquilo bastava como vingança. Terá sido suficiente como vingança, Amém. Não a espada de aço, mas a outra, a segunda.

Ela e seus semelhantes. E nós aqui, na sala, convivas dessa festa, tínhamos também "nossos semelhantes"? Não, não tínhamos nossos semelhantes em nenhum lugar do mundo. Para nossa sorte? Para nosso azar? Devíamos ser invejados, lamentados, chorados? Santa confusão.

Um suspiro soou, atravessando o salão de festa. — "Um suspiro", algo "soa"? — Assim foi.

Pedi à minha dama de mesa um espelho de bolso para contemplar meu rosto de vingador: sim, é esta a aparência de alguém que teve sucesso em sua vingança há tanto tempo desejada? Com alegria olhei para mim mesmo, olhando do espelho com uma alegria como talvez nunca tivesse experimentado antes, e nos cantos dos meus olhos o que se via era a pura leviandade. "Noivo! Noivo!" — por amor a mim, em alemão — ouvi um melro, atrasado, clamando na noite. Ou seria um rouxinol? Seja como for, aquele pássaro não cantava, gritava. Ele berrava, acompanhado pela batucada de palmeiras selvagens.

Outra história é como naquela noite fui errando até alcançar minha casa e, sem chave no bolso, ao raiar do dia eu me vi diante do portão do jardim, segundo me lembro, de quatro; das florestas da montanha eterna, ressoou então o primeiro tiro de um caçador. Mas esta é uma história que alguém outro deverá contar.

Abril-maio, 2019
Île-de-France/Picardia

ESTE LIVRO FOI COMPOSTO EM SIMONCINI GARAMOND CORPO 11,6 POR 18
E IMPRESSO SOBRE PAPEL AVENA 90 g/m² NAS OFICINAS DA RETTEC ARTES
GRÁFICAS E EDITORA, SÃO PAULO — SP, EM OUTUBRO DE 2022